RÉCITS DES CHÂTEAUX DE LA LOIRE

87, quai Panhard-et-Levassor – 75647 Paris Cedex 13
ISBN : 978-2-0802-5266-1

BRIGITTE COPPIN

RÉCITS DES CHÂTEAUX DE LA LOIRE

Illustrations de Fred Sochard

Flammarion Jeunesse

Situation géographique des châteaux de la Loire

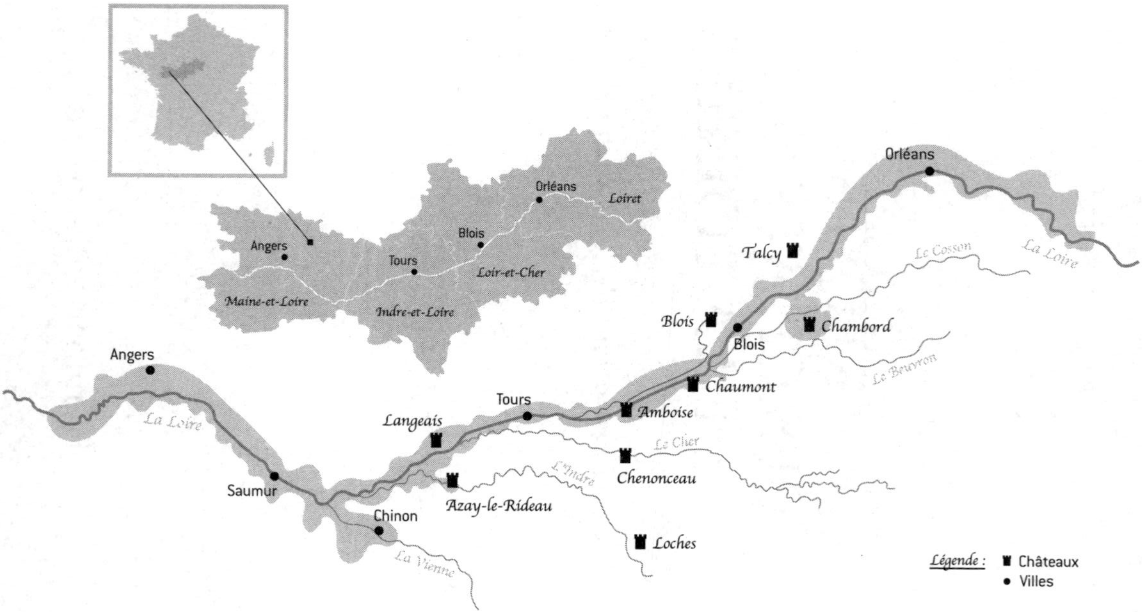

1. LE CHÂTEAU DE LA BELLE AGNÈS

Loches, printemps 1447.

Agnès a traversé la rivière, saluée par les lavandières qui sifflent d'admiration en apercevant sa silhouette parée d'or et de soie. Depuis l'autre rive, elle contemple la ville, blanche et neuve, serrée dans ses remparts où domine le logis royal. L'Indre coule devant elle, jusqu'à mouiller ses pieds délicatement chaussés. L'Indre et son eau vive, ses saules penchés le long des lavoirs, ses moulins qui ronronnent au gré du flot...

Agnès se sent bien ici, dans ce paysage vert et mouillé, dans ce pays tendre qui a accueilli le roi quand Paris n'a plus voulu de lui[1]. C'était il y a longtemps, lorsque la guerre faisait rage et que les Anglais écrasaient toutes les armées de France. Le pays de Loire ne s'est pas laissé vaincre et le roi y est chez lui, Agnès aussi.

Penchée vers l'eau mouvante, la jeune femme cherche son visage et ne découvre qu'une image floue. Mais il lui suffit de croiser les regards autour d'elle pour y lire à chaque fois l'émoi que suscite sa beauté. Agnès est belle, « la plus belle entre toutes » a dit le roi dès qu'il l'a vue. Avant ce jour inoubliable où elle a rencontré le souverain, Agnès se savait seulement jolie, ignorant le pouvoir secret caché en elle, qui a bouleversé sa vie, puis la cour et peut-être le royaume.

— Raconte-nous ta première entrevue avec le roi ! demandent ses amies lorsqu'elles se retrouvent dans la jolie maison qu'elle habite tout près du château.

1. En 1418, au moment le plus sombre de la guerre de Cent Ans, la ville de Paris a choisi de faire confiance au duc de Bourgogne plutôt qu'au roi de France. Le jeune Charles VII, âgé de quinze ans, s'est enfui vers Bourges et la Touraine. La royauté s'installe alors sur les bords de la Loire pour deux siècles.

— Vous savez déjà tout ! proteste Agnès.

— Nous peut-être ! Mais pas Marguerite ni Isabelle, qui sont avec nous aujourd'hui ; pas non plus messire Jean Fouquet qui revient tout juste d'Italie et rêve de t'avoir comme modèle dans son prochain tableau.

Le peintre sourit discrètement, car ces jeunes femmes rieuses exagèrent quelque peu. Il renchérit cependant :

— Il est vrai que les cours d'Europe cherchent désormais à copier la France et que chacun s'extasie sur vos audaces vestimentaires, sur vos bijoux et vos parfums. Même le pape ne peut s'empêcher de parler de vous ! Je le sais puisque j'ai eu l'honneur de réaliser son portrait. Officiellement, il condamne votre union avec le roi. En privé, il murmure : « Puisque le roi Charles de France s'est épris d'une autre femme que la sienne, remercions Dieu qu'il ait choisi Agnès Sorel. »

Agnès reçoit le compliment avec grâce, comme elle accepte d'être l'objet de tant d'intérêt. Elle s'est donné pour mission d'être le printemps de la France, d'apporter la douceur et la beauté à ce pays ravagé par de trop longues souffrances. Voilà plus de cent ans que dure cette guerre ! Et les Anglais sont toujours aux portes de la Touraine, ils occupent la Normandie et l'Aquitaine... De toutes ses forces, Agnès veut être belle, pour que brillent la cour et son souverain, pour que rayonnent ses châteaux, pour que ses armées, plus confiantes, plus conquérantes, remportent enfin la victoire. Et puis, Agnès veut être belle en secret, pour Charles seul, afin que vive en lui, jour après jour, la petite flamme amoureuse qui les unit.

— Agnès, raconte ! supplie-t-on autour d'elle.

La jeune femme se ressaisit. Il est vrai que la soirée est propice aux confidences : elle observe ceux qui l'entourent, assis en rond devant la cheminée, et ne décèle dans les yeux attentifs que de l'amitié, de la curiosité attendrie.

— Eh bien soit ! Vous aurez votre histoire du soir, fait-elle en tapotant les coussins afin que chacun puisse se mettre à l'aise. Marie, fais donc servir du lait d'amandes, des rissoles aux fruits et de la dragée, comme en Italie.

Elle n'a pas besoin de demander le silence ; l'auditoire lui est tout acquis. Elle commence :

— C'était le 19 mars 1443. Nous venions d'arriver à Toulouse après un hiver interminable à Saumur où nous avions manqué de distractions. Chacun d'entre vous sait que je figurais à cette époque parmi les filles d'honneur de la duchesse Isabelle, l'épouse du duc René d'Anjou[1]. Auprès

1. René d'Anjou (1409-1480) est le jeune frère de la reine Marie d'Anjou, épouse de Charles VII.

de ce prince qui aime les arts plus que la guerre et offrirait sa fortune pour un tournoi ou un beau manuscrit, la vie était le plus souvent légère et gaie. Toutes les suivantes de la duchesse Isabelle se réjouissaient donc à l'idée d'un voyage printanier vers les provinces du Sud, où le roi Charles avait convié le duc d'Anjou. J'étais comme elles, ravie et curieuse de ce changement. Les retrouvailles entre le roi et son beau-frère furent fastueuses, vous l'imaginez. Des milliers de bougies parfumées brûlaient dans les hautes salles du château des comtes de Toulouse, et nous étions toutes vêtues de neuf, car la duchesse a toujours voulu que sa suite soit d'une parfaite élégance. Je me souviens, la reine était là aussi, enceinte de son treizième enfant...

Elle fait une pause, boit une gorgée de lait d'amandes, en offre autour d'elle, parce que l'évocation de la reine Marie d'Anjou, si douce, si aimante, lui est pénible. Ce jour-là, cette femme, déjà âgée, écrasée par les maternités, a commencé à souffrir de l'infidélité du roi. Agnès cherche à apaiser son émotion tandis que les autres déplient une jambe, défroissent le pan d'une robe sans pour autant rompre le silence. Elle reprend :

— Le soir du 19 mars, il y avait bal et banquet. La duchesse Isabelle a présenté au roi l'ensemble de sa suite, comme il se doit. Notre souverain a eu un mot gentil pour chacune. Comme j'étais la plus jeune, je me suis avancée après les autres. C'était la première fois que je me trouvais en face de lui. Le roi Charles n'est pas un Apollon, il n'est plus un jeune homme. Le nier serait insensé. Mais son regard...

Elle hésite, les autres lui sourient. Le peintre Jean Fouquet semble ému.

— Oui, le regard du roi s'est posé sur moi et ne m'a plus quittée depuis.

Elle sait bien conter, et le découvre en même temps qu'eux ; aussitôt, elle poursuit :

— Les jours suivants, le plus souvent possible, il s'est approché de moi. Nous avons dansé, ri et parlé ; on m'a fait comprendre que je lui plaisais beaucoup. Lui aussi m'exprimait son élan, me faisait la cour avec une exquise délicatesse. Sa façon de me frôler, de me tenir le bras... J'étais troublée... La duchesse Isabelle s'est montrée très arrangeante, à la demande du roi, j'imagine.

— Je comprends qu'elle l'ait fait, interrompt Marie de Belleville, la meilleure amie d'Agnès. Le roi avait l'air si rajeuni, si conquérant, les épaules droites, la voix plus assurée. Agnès était déjà son soleil, sa victoire, même si elle ne voyait rien.

— Je voyais ! riposte l'intéressée, mais peux-tu imaginer combien c'était intimidant ? Être aimée du roi, moi la fille d'un petit châtelain de Picardie ! Je me suis laissé guider par la duchesse Isabelle.

Elle m'a fait donner une pièce pour moi seule. J'ai donc quitté la grande chambre où nous dormions toutes ensemble...

— Un vrai guet-apens ! s'exclame Marguerite, une de ses cousines venue en visite.

— Pas du tout ! Un soir, c'est moi qui ai décidé de ne pas verrouiller ma porte.

Elle se tait. Il suffit de la regarder pour voir qu'elle ne regrette rien.

Autour d'eux, derrière les murs de pierre blanche, la ville s'endort. Sur le plateau, veille l'énorme silhouette du donjon de Loches, qui protège le logis royal, ses vastes salles, ses chambres claires ouvertes vers la rivière. Le roi Charles, retenu à Bourges par diverses assemblées, sera bientôt de retour. C'est là qu'il attendra Agnès, demain ou après-demain, dès qu'il ne pourra plus supporter d'être loin d'elle.

Tout près de là, se dresse également le clocher de la collégiale Notre-Dame. Cette main de Dieu levée au-dessus de leurs têtes rappelle à Agnès que ce beau destin offert par le ciel peut lui être repris à tout moment. Grand Dieu, comme c'est enivrant d'être aimée du roi, et comme le cadeau est lourd !

— J'ai appris que deux petites filles vous sont nées, murmure Jean Fouquet qui n'a pas quitté Agnès des yeux.

Soulagée de la diversion, celle-ci s'empresse de répondre.

— Oui, Marie a bientôt trois ans et la petite Charlotte est née l'an dernier. Le roi les chérit de tout son cœur. Il dit que Dieu nous a pardonné, en nous accordant des enfants pleins de vie.

Elle n'ajoute pas que la reine Marie, qui enfante sans cesse, a porté la plupart de ses bébés au tombeau. Quelqu'un pourrait lui rétorquer que la reine Marie, malgré ses nombreux deuils, a mis au monde deux fils bien vivants, et que l'aîné sera roi, si Dieu le veut. Agnès n'a pas du tout envie d'entendre cela. Car elle déteste le dauphin Louis[1] et que jamais elle ne sera la mère d'un roi.

Les conversations s'égaillent à travers la salle. Certains proposent un jeu, d'autres réclament des friandises. C'est le moment choisi par Jacquette, la chambrière, pour introduire un visiteur de marque : Étienne Chevalier, contrôleur général des finances, a quitté Bourges quelques heures plus tôt pour remettre un message à la belle Agnès et proposer une nouvelle commande à Jean Fouquet, son peintre préféré.

— Charles sera là demain ! annonce joyeusement Agnès après avoir ouvert le pli.

Cependant, Étienne Chevalier garde un air soucieux.

1. Il s'agit du futur Louis XI, qui sera roi de 1461 à 1483.

— Agnès, il faut que je vous parle en privé : nous pouvons craindre, très prochainement, de nouveaux méfaits du dauphin Louis.

Tandis qu'elle l'entraîne dans le cabinet qui jouxte la salle, elle fait signe à Marie d'organiser un divertissement, afin que la soirée ne perde pas sa gaieté. Sitôt la porte fermée, elle laisse éclater sa colère.

— Ah, on peut dire qu'il fait tout pour ruiner la vie de son père ! Cela ne lui suffit donc pas d'avoir voulu empoisonner notre ami Pierre de Brézé[1], si vaillant, si fidèle au roi ? Et maintenant, quelles manigances son esprit sournois a-t-il encore inventées ?

Étienne Chevalier lui prend les mains, tente de l'apaiser. Dès qu'il s'agit du dauphin, Agnès la douce ne peut cacher sa rancœur.

— Vous voudriez me voir plus calme, reprend-elle, capable d'examiner posément la situation, mais vous oubliez qu'il a osé me gifler en public, prétendant prendre la défense de la reine, sa mère, qui n'en demandait pas tant.

Étienne Chevalier hoche la tête. Il se souvient du scandale qui a retenti jusqu'aux frontières du royaume, et même au-delà, puisque le peintre Jean

1. Pierre de Brézé (1410-1465), sénéchal d'Anjou, est l'un des conseillers les plus influents du roi Charles VII. Il est aussi un ami très proche d'Agnès Sorel.

Fouquet, qui séjournait alors à Rome, en a recueilli les échos.

— Agnès, je vous en prie, tâchez de garder votre sérénité. Charles en a bien besoin ! À la suite de cette méchante affaire, il a banni son fils pour plusieurs mois, et la reine ne s'y est pas opposée. À présent, le dauphin est loin, il ne peut plus mordre ni gifler. Mais il lui reste la calomnie, et il va en user, croyez-moi !

— Je sais, soupire Agnès avec amertume. À cause de lui, le peuple m'appelle « la ribaude du roi » et dans les rues de Paris, l'on cracherait sur moi si j'osais m'y aventurer.

— Votre place est ici, en Touraine, à côté de Charles. Vous allez plus que jamais lui témoigner votre amour, car le bruit court à travers le royaume que le sénéchal Pierre de Brézé et la « ribaude du roi » se sont alliés pour endormir notre souverain, le détourner du trône et prendre peu à peu le pouvoir. Le duc de Bourgogne, déjà averti, est prêt à lever une armée afin d'aider Louis à sauver la royauté.

— Jamais Charles ne mettra ma parole en doute ! affirme Agnès en regardant fièrement son interlocuteur.

— Je le sais, et c'est merveille de voir à quel point il vous aime. Plus que jamais, soyez à ses côtés, belle et aimante comme vous savez si bien l'être.

— Pourquoi ces conseils insistants, Étienne ?

— Parce que nous préparons la guerre. Cette fois-ci, nous devons la gagner[1]. Il nous faut un roi conquérant, vous entendez ? Et cette force toute neuve qui grandit en lui depuis quatre ans, vous seule pouvez l'entretenir, la décupler.

Il fait encore nuit noire lorsque la cloche de la collégiale Notre-Dame sonne le premier office du jour. Derrière les rideaux de son lit, Agnès veille. Ce soir, au logis royal, il y aura fête. Elle sait déjà qu'elle portera une de ces robes très échancrées sur la poitrine dont elle a lancé la mode et qui plaisent tant à Charles. Ce soir, on boira et on dansera. Pierre de Brézé et Étienne Chevalier parleront des armées bien entraînées, prêtes à en finir avec l'occupation des Anglais. Agnès approuvera, lèvera sa coupe au beau royaume de France, prêt à s'épanouir dans la paix. Ce soir encore, Agnès annoncera à Charles qu'elle attend un troisième enfant.

1. En 1450 et 1453, Charles VII remporte deux victoires décisives qui lui permettent de reconquérir la Normandie et l'Aquitaine. Agnès Sorel meurt en février 1450, en Normandie, où elle a voulu rejoindre le roi.

2. Un mariage secret

Langeais, début décembre 1491.

La mère venait d'apporter le potage lorsque la charrette entra dans la cour de l'auberge. La famille de l'aubergiste et les hôtes attablés levèrent la tête en même temps. Le père posa sa cuillère de bois avec un soupir de soulagement. Charlotte, qui partageait l'écuelle avec Margot, la servante, courut à la fenêtre.

— Apporte donc une lanterne ! dit la mère en se précipitant dehors.

Sitôt la porte ouverte, elle se retourna pour crier aux autres.

— Oui ! C'est bien lui qu'on attendait !

Entre deux cuillerées de bouillon, les convives grognèrent à cause du froid qui pénétrait dans la salle.

— Ressers du potage, Charlotte ! cria la mère, qui ne souhaitait pas voir accourir tous ses clients.

Mais Charlotte suivit sa mère, la lanterne à la main. Le père les rejoignit, laissant la tablée poursuivre le repas.

— Bien content de te voir, mon neveu ! On n'est jamais tranquille sur les routes à la nuit tombée.

Le voyageur avait sauté de son siège et réclamait un breuvage chaud.

— Attends un peu ! Je veux voir ce que tu apportes aujourd'hui.

— Ah, c'est du beau, vous pouvez me croire ! dit le jeune homme en soulevant la bâche puis la toile épaisse qui enveloppait le contenu.

La mère se pencha.

— Approche la lumière, Charlotte, on n'y voit rien !

La jeune fille avança d'un pas, levant plus haut le bras, et découvrit en même temps que sa mère les piles de linge fin, les couvertures de fourrure, les oreillers si moelleux qu'elle faillit poser la lanterne pour y enfouir la main ou, mieux encore, la tête. Mais la mère aurait été fâchée. Ce qu'il fallait éviter à tout prix, car Charlotte avait une faveur à lui demander. Le moment n'étant pas encore venu, elle se contenta de murmurer :

— Des parures de reine !

— Bien sûr, ma fille, puisque c'est pour la reine ! Enfin, pour le jour où elle le deviendra. Aujourd'hui, elle n'est encore que duchesse... Quand je pense que cette petite a tout juste ton âge !

Charlotte la laissa dire. Sur ce sujet, la mère était intarissable, comme tous les habitants de Langeais, qui commentaient depuis une semaine les allées et venues des officiers royaux. Pensez donc ! Un mariage n'est pas une mince affaire, et le roi avait choisi le château de Langeais pour épouser sa promise. Celui-ci et pas un autre, solide comme une forteresse, construit vingt-cinq ans plus tôt afin de protéger la vallée de la Loire. En effet, le duché de Bretagne était tout proche, et les Bretons qui n'appartenaient pas au royaume de France cherchaient souvent querelle aux frontières. Heureusement que le jeune roi Charles venait de gagner la dernière guerre contre la duchesse Anne[1] ! À présent,

1. Charles VIII et Anne de Bretagne. À l'époque, le duché de Bretagne n'appartenait pas au royaume de France.

celle-ci devait le prendre pour époux. Elle avait fait la fière avant d'accepter. Ah ça, oui ! Et les gens s'en moquaient volontiers quand ils venaient boire à l'auberge.

— La petite duchesse de Bretagne, elle a même fait semblant d'épouser l'empereur d'Allemagne !

— Notre roi, il aurait eu l'air de quoi, coincé dans son royaume entre l'impératrice d'un côté et l'empereur de l'autre ?

— Ah non, jamais il n'aurait accepté ça. Jamais !

— Du coup, on comprend mieux pourquoi il l'épouse, la petite Bretonne.

La mère de Charlotte finissait toujours par s'en mêler :

— Moi, je dis que le plus triste, dans cette affaire, c'est qu'il a répudié sa fiancée d'hier. Pauvre petite Marguerite ! Elle était sa promise, tout de même ! Elle a grandi en France, à côté de lui, pour être reine avec lui. Et voilà qu'il la chasse...

— C'est qu'elle doit lui plaire beaucoup, la Bretonne !

Ils en riaient tous, autour de Charlotte, sauf son amie Perrette, qui était lingère au château et venait aider à l'auberge les jours de lessive. Perrette était née en Bretagne, à Fougères, et elle en était fière.

— Un beau cadeau de mariage ! Tu entends, Charlotte ? disait Perrette l'autre jour au lavoir, en battant une pile de linge imprégné de savon. Notre duchesse, elle lui fait un beau cadeau, à votre roi, en apportant la Bretagne dans sa corbeille de mariée. Et le royaume de France va s'étendre jusqu'à Nantes et Roscoff, avec des officiers français partout. Nous, les Bretons, ça nous fait mal au cœur.

Charlotte ne se pressait pas pour répondre. Elle se moquait bien du cadeau, de Nantes et d'ailleurs. C'était tellement plus excitant d'imaginer les robes de soie, les tapisseries, les nappes déployées dans les belles salles du château et non plus seulement empilées dans les charrettes que le cousin Riquet ramenait de Tours ou de Bourges. En réalité, Charlotte n'avait qu'une idée en tête : voir la reine de près, entourée de toutes ces splendeurs. Elle ne savait pas comment s'y prendre et cela lui causait du souci. Il faudrait sans doute demander l'aide de Perrette, obtenir l'autorisation de la mère. Rien n'était gagné...

— C'est la dernière charrette ! déclara Riquet dans la cour, en refermant soigneusement la bâche. Demain, les routes seront bloquées.

— Comment ça ? s'exclama l'aubergiste.

— Eh oui, c'est demain qu'elle arrive, la petite duchesse ! Hier, elle était à La Flèche où elle a retrouvé Madame, la sœur du roi. Les voilà qui descendent toutes les deux vers la Loire. Une fois qu'elles seront installées au château, ils couperont toutes les routes. Madame en a décidé ainsi. Des fois que l'empereur Maximilien vienne avec son armée reprendre sa fiancée !

Et il partit d'un grand éclat de rire tandis que la mère s'emparait de la lanterne pour l'accompagner jusqu'à la salle où l'attendait une chope de bon vin chaud.

Charlotte resta dans l'ombre, pensive. Si la duchesse approchait, le roi n'allait pas tarder non plus. Il fallait faire vite. Tenter quelque chose, que Diable !

Elle regarda le palefrenier refermer le lourd portail de la cour et fut soudain prise d'un fol espoir.

— Riquet ne repart que demain ? demanda-t-elle, le cœur battant.

— Sûr que non ! répondit l'homme. Mais il va manger ici, et ton père ne veut pas voir de curieux fureter autour de la charrette.

Puis il détela les chevaux et regagna au plus vite la chaleur de l'écurie, laissant Charlotte seule devant les parures de la reine.

Le lendemain, après les corvées du matin, la jeune fille courut chez Perrette. Elle avait mis sa belle cotte rouge des jours de fête et serrait contre elle un petit paquet.

— Tu as du linge frais à porter au château ? lui demanda-t-elle devant la porte.

Perrette hocha la tête.

— Alors, je viens avec toi ; je voudrais déposer ce paquet.

Devant le regard étonné de son amie, elle crut bon d'ajouter :

— Oui, un très joli mouchoir brodé, un mouchoir de reine.

En chemin, elle expliqua à son amie le stratagème qu'elle venait d'inventer pour pénétrer au château. Cependant, plus elle voyait s'approcher le pont-levis et la grosse tour surmontée du chemin de ronde, plus elle se sentait faiblir. On allait la renvoyer à la maison sans la remercier ou, bien pis, la traiter de voleuse. Elle pria tous les saints du paradis... et vit brusquement le ciel se dégager : devant la porte charretière, qui était grande ouverte, se tenait un soldat de la garnison nommé Raoul Contoy. Un habitué de l'auberge ! Charlotte l'avait souvent servi à table. Lui au moins n'allait pas la repousser sans l'écouter. Rassurée, elle s'avança vers lui d'un pas ferme. Elle raconta son histoire, qui fut prise au sérieux, et franchit sans difficulté le passage d'entrée.

Une fois dans la cour, Charlotte s'arrêta pour savourer son bonheur. Voilà, c'était fait ! Sans avoir demandé l'aide de Perrette ni supplié sa mère, elle avait réussi ! Elle prit d'abord le temps de regarder autour d'elle : il y avait un beau grand logis, avec des fenêtres bien ordonnées, de jolies lucarnes pointues dans le toit, et puis une aile, plus petite, près des jardins. La grande salle où se déroulerait le mariage était sans nul doute celle qui s'ouvrait au premier étage du logis, entre les tourelles d'escalier. En bas de chacune d'elles, une porte joliment sculptée donnait envie de se glisser à l'intérieur… Charlotte résista à la tentation. Maintenant qu'elle était entrée au château, elle comptait bien y rester jusqu'à l'arrivée de la reine. Mieux valait éviter le moindre faux pas ! Elle se souvint du petit paquet qu'elle tenait contre elle et demanda son chemin à un serviteur pressé. Peu après, elle retrouvait Perrette à la lavanderie, une salle basse où l'on entreposait le linge. À côté, dans la cuisine, le maître queux houspillait vertement ses valets. La collation prévue pour l'arrivée de ces dames ne serait pas prête à temps, tonnait-il, exaspéré par la lenteur de son équipe. Charlotte connaissait trop bien les jours de presse à l'auberge pour rester les bras ballants. Après un rapide regard vers Perrette, occupée à ranger les piles de nappes, elle empoigna un torchon propre qu'elle noua à sa taille et suivit ceux qui étaient chargés de dresser le couvert dans la salle de l'étage.

Un peu plus tard, elle croisa le maître queux.

— Et toi, d'où sors-tu ?

— Je suis d'ici, la fille du patron de l'auberge.

Elle avala sa salive avant de poursuivre :

— Y avait besoin d'aide, alors on m'a demandé de venir... J'ai l'habitude, vous pensez bien !

Il eut l'air satisfait et elle serra discrètement les poings en se félicitant de n'avoir pas rougi.

Peu après midi, l'effervescence fut à son comble : le cortège était aux portes de la ville. On entendit bientôt les sabots des chevaux et les roues ferrées des chariots résonner sous la voûte de l'entrée. Impossible de courir aux fenêtres ! Le maître queux avait saisi un tisonnier et menaçait à la ronde :

— J'embroche le premier qui abandonne son ouvrage sans mon autorisation !

Sagement immobile, Charlotte préféra poser les yeux sur les mets préparés. Qu'allait choisir la future reine après ce long voyage dans le froid ? Le pâté de lièvre en croûte ? Le fondant de courge au safran ? Les oranges grillées ou ces petits gratins aux noix ? Tout cela était tellement plus alléchant que la cuisine de sa mère.

À ce moment, elle fut agrippée à l'épaule par une main nerveuse.

— Viens vite ! Je dois préparer les lits.

La voix de Perrette ! Elle ne se le fit pas répéter.

— Enfile donc ce bonnet de chambrière, murmura son amie après l'avoir entraînée dans la lavanderie. Tu vas voir comme c'est beau là-haut !

Les bras chargés de draps, Charlotte la suivit dans l'escalier de la tourelle. Sur le seuil de la chambre, elle hésita. Oserait-elle poser le pied sur ces dalles vernissées qui ornaient le sol ? Devant l'œil sévère de l'officier chargé de surveiller les préparatifs, elle se força à avancer, essayant de retenir ses regards admiratifs. De chaque côté de la vaste cheminée, des tapisseries parsemées d'oiseaux et de fleurs ressemblaient à des jardins en plein été ; au centre de la pièce, les menuisiers finissaient d'installer un lit magnifique qui était arrivé dans les coffres de la duchesse, et suspendaient les courtines où brillaient des fils d'or. Tout en tirant les draps et les fourrures, en tapotant le moelleux des oreillers, Charlotte exultait : le contenu de la charrette s'étalait là, devant ses yeux. Cette fois, elle pouvait y poser la main et se retint, bien sûr, d'y enfouir la tête. Perrette, qui s'activait en face d'elle, lui fit signe de se redresser. L'officier de la chambre apportait la robe des noces, qu'il tenait avec grand soin sur ses deux bras tendus. Une robe de reine, ruisselante d'or, bordée d'hermine à l'échancrure du col, aux poignets et jusqu'à l'ourlet du bas.

Charlotte ferma les yeux. Le cadeau était si beau ! De quoi rêver pendant les journées d'hiver à l'auberge, lorsque la vaisselle à laver déborderait de l'évier.

La robe fut pendue à une perche de bois, le long du mur, et les chambrières durent quitter la pièce. Charlotte descendit l'escalier à petits pas, pour s'éloigner le plus lentement possible de toutes ces merveilles.

Dans la cuisine, les gardes attablés se réchauffaient le ventre avant de reprendre leur poste sur le chemin de ronde. Charlotte remarqua trop tard Raoul Contoy, qui l'interpella aussitôt.

— Dis donc, toi, tu n'as plus rien à faire ici ! Il est grand temps que tu rentres à l'auberge. Je vais te reconduire à la porte.

Le maître queux s'interposa.

— Un instant ! J'ai encore besoin de cette petite. C'est bien toi, la fille de l'auberge, qui a l'air dégourdie ?

Charlotte fit oui de la tête.

— Eh bien, va donc porter ce plat. Fais bien attention. Surtout, garde les yeux baissés et n'oublie pas de saluer.

Charlotte avait déjà le plat entre les mains lorsqu'elle réalisa qu'elle allait rencontrer la reine. Suivant pas à pas le cortège de serviteurs, elle entra dans la salle, le cœur cognant si fort que ses bras en tremblaient.

Une fois sur place, elle leva les yeux, malgré les recommandations.

Et là, elle fut déçue.

Assise à table avec Madame et quelques compagnons, la duchesse Anne lui parut petite et maigrelette. Rien de la reine splendide dont elle avait rêvé. Non, une simple jeune fille, de quinze ans à peine, vêtue sans éclat, le visage encadré d'une étonnante coiffe noire.

Charlotte ne pouvait s'attarder à l'observer. Il fallait vite poser le plat. Elle fit une légère courbette, que personne ne remarqua, et trouva miraculeux de quitter la pièce sans avoir commis une seule maladresse.

Peu après, Raoul Contoy, qui ne tenait pas à avoir d'ennuis, la raccompagnait dehors. Charlotte écouta la porte se refermer puis serra son manteau sur sa cotte rouge. Elle avait vu la reine, elle était un peu triste et elle avait froid.

Pendant les deux jours qui suivirent, la ville de Langeais ne sut presque rien du mariage royal qui se déroulait dans ses murs. À l'auberge, Charlotte réussit à glaner quelques renseignements auprès des bourgeois de Rennes, venus accompagner leur souveraine. Elle apprit ainsi que le roi Charles était arrivé par bateau dans la nuit du 5 au 6 décembre, et que la cérémonie s'était déroulée dès le lendemain matin.

Perrette lui donna d'autres détails lorsqu'elles se rejoignirent sur la route de Tours pour assister au départ du cortège royal.

— Pas de fête, pas de banquet, pas de danses... Quelle tristesse, ce mariage ! bougonnait la lingère.

Et le roi, je l'ai vu, moi, le roi. Je peux te dire qu'il n'a pas grand-chose pour lui plaire, à ma duchesse. Des jambes pas bien droites et un nez à traîner par terre. Elle aurait pu espérer mieux !

— En tout cas, il ne s'est pas attardé auprès d'elle ! On dit qu'il est déjà reparti, rétorqua Charlotte, qui revoyait avec précision la frêle silhouette attablée dans la salle du château et ne parvenait pas à oublier sa déception.

Une rumeur, suivie d'un nuage de poussière, se leva le long de la route.

— Attention, la voilà ! crièrent les badauds.

Lentement, la litière royale s'avançait, portée par deux beaux chevaux marchant au pas. La reine Anne, qui avait laissé le rideau ouvert, saluait gentiment la foule.

Au moment où elle passa devant elle, Charlotte tendit le bras.

— Permettez, Madame, murmura-t-elle, ce mouchoir est à vous. Je l'ai trouvé... Je vous le rends.

La jeune reine ouvrit la main et leurs doigts se touchèrent. Charlotte la regarda bien droit dans les yeux et reçut en remerciement un beau sourire lumineux. Elle eut juste le temps de balbutier :

— Longue vie à vous, ma reine !

Puis elle retira sa main et la referma contre son cœur.

3. La porte basse

Amboise, 7 avril 1498.

Très doucement, la reine Anne a refermé derrière elle la porte de la chapelle Saint-Hubert. Accompagnée seulement par Madame de Tournon, l'une de ses nombreuses dames d'honneur, elle s'avance lentement sous la voûte blanche et le frôlement de leurs jupes sur les dalles est le seul bruit que l'on perçoit dans cet îlot de silence. Toutes deux se sont assises sur des coussins brodés d'hermines et la reine, le regard levé vers les fines dentelles de pierre, soupire de soulagement.

La chapelle est l'un des rares lieux paisibles de ce vaste château, qui ressemble surtout à un chantier. Jour et nuit, des équipes de maçons se relaient et de lourds charrois de pierre montent de la vallée par la rampe de la tour Hurtault. Depuis sa chambre située dans le logis neuf, la reine entend parfois le grincement des roues et le murmure des ouvriers qui travaillent de nuit à la lumière des chandelles. Elle a déjà signalé ces désagréments au roi Charles son époux, mais celui-ci est si fier de son nouveau château qu'il supporte gaillardement le tapage, la boue et le désordre causés par les travaux. Il voudrait le voir déjà achevé, alors que les premières pierres ont été posées peu de temps avant l'expédition d'Italie. Et c'est pour embellir son château d'Amboise qu'il a rapporté de Naples toutes les splendeurs qui décorent à présent les salles et les galeries : des tentures de cuir, des peintures, des statues de marbre, des milliers de livres... Un magnifique butin de guerre pour le palais d'un grand roi. Ainsi le voulait-il. Des dizaines de charrettes ont été nécessaires pour acheminer ce trésor jusqu'aux portes du logis neuf. En repensant à ce retour triomphal, la reine Anne ne peut s'empêcher de froncer les sourcils. Elle ne connaît pas l'Italie, elle n'a pas pu admirer les beautés dont Charles parle sans cesse, elle n'a pas vu ces lumières, ces marbres roses, ces statues dansantes qui brillent encore dans ses yeux lorsqu'il évoque les villes de là-bas. Elle se sent un peu jalouse, il est vrai, et ne sait pas comment accueillir tant de nouveautés.

Dans un soupir, la reine joint les mains pour une courte prière à sainte Anne, sa sainte patronne et celle de tous les Bretons. À peine a-t-elle prononcé les premiers mots qu'un rire clair venant de la galerie semble percer les murs de la chapelle. Inutile de chercher le ou la coupable ! Elle a déjà reconnu Charlotte, sa lingère, une jeune femme aux doigts de fée qui repasse à la perfection les dentelles des chemises. Fille d'un aubergiste de Langeais, Charlotte s'est attachée à son service il y a plusieurs années et la reine Anne se demande encore pourquoi elle tolère chez elle des rires tonitruants, des excès de langage qu'elle réprouverait chez toute autre. Son extrême bienveillance l'a même poussée à demander un logement au roi Charles lorsque Charlotte a épousé Bastien François, un des meilleurs maçons du chantier, et le couple s'est installé dans une petite maison d'Amboise, au pied du château royal.

Charlotte rit beaucoup, d'une manière si franche, si pleine de vie, que c'est un bonheur de l'entendre. Charlotte s'emporte aussi, avec la même vitalité, et les habitants du château se souviennent des hauts cris qu'elle a poussés récemment en découvrant les tentures d'or du lit royal mâchonnées par les trois chiens du roi. De son côté, le roi Charles se moque bien des ravages causés par ses animaux familiers. Que dire alors des perroquets qui nichent dans sa chambre et salissent les tapis ! Malgré sa petite taille – les habitants de Naples, en le voyant arriver, l'ont surnommé avec dépit « le nain » ! –, le roi de France est plein de vigueur ; il aime la nature, les beaux animaux, les jeux d'adresse, la chasse par-dessus tout, et la reine Anne elle-même s'est laissé séduire par les faucons que lui a offerts récemment Pierre II de Médicis, le maître de Florence...

Cette fois, c'en est trop ! Le premier éclat de rire suivi de quelques plaisanteries a dégénéré en chahut et la chapelle n'est plus du tout un lieu de recueillement. Suivie par Madame de Tournon, la reine Anne excédée regagne la porte qu'elle ouvre d'un geste brusque. Devant elle, dans la galerie, un attroupement curieux s'est formé autour d'un galopin de cuisine, qui tient entre ses mains un poussin paré, semble-t-il, de toutes les qualités. Aussitôt, les visages se redressent, des mains rajustent à la hâte une tunique ou un corsage. Après une rapide courbette à sa souveraine, le marmiton demande d'une voix fraîche :

— Madame ma reine, vous serait-il plaisant de rendre visite aux poussins nés cette nuit dans le four spécial qu'a construit le sieur Luca Vigeno ?

— Ah ces Italiens ! Je n'en reviens pas de toutes les nouveautés qu'ils nous apportent ! renchérit Charlotte, qui n'a rien à faire en ce lieu et devrait plutôt se trouver dans la lavanderie, à amidonner les dentelles.

Mais la reine Anne, devant ces jeunes frimousses rieuses, n'a plus envie d'être sévère. Elle accepte même d'aller voir ce four italien qui sait couver les œufs à la place des poules. Et Charlotte, désireuse de se faire pardonner ses fantaisies, saisit délicatement la traîne de la souveraine afin d'épargner les souillures de la basse-cour au beau velours de la jupe.

Quelques instants plus tard, la porte de la chapelle Saint-Hubert s'est à nouveau ouverte et refermée. Le roi vient d'entrer. Il s'est agenouillé devant le siège qui lui est réservé et a mis sa tête dans ses mains. En ce beau jour d'avril, malgré la lumière douce sur la Loire, il se sent le cœur lourd. Oh, bien sûr, il aime ce château, ses galeries, les statues qu'il vient de faire poser sur la façade du logis neuf. Hier encore, il a admiré le grand jardin aménagé au bord du fleuve par son maître jardinier venu de Naples... Mais cela ne suffit plus à égayer son cœur.

En vérité, le roi se sent mal face à sa conscience et c'est pour s'entretenir avec son confesseur qu'il s'est réfugié dans la chapelle.

La porte a grincé. Il se retourne, soulagé de n'être plus seul, et reconnaît Jean Robertet, son ami, son secrétaire, un de ces hommes de lettres dont il aime s'entourer.

— Jean, venez donc près de moi. J'ai besoin de vos conseils, car mon âme ne me laisse pas en paix... Les hommes d'Église, l'évêque de Tours, l'abbé de Marmoutier me reprochent l'empressement que j'ai mis à vouloir conquérir Naples. Qu'en pensez-vous ? Croyez-vous que Dieu voudra me punir de cette convoitise ?

— Pourtant, Sire, vous n'avez fait que reprendre votre bien, puisque le royaume de Naples appartenait à vos ancêtres, les comtes d'Anjou. Ce trône vous revenait donc de droit.

— C'est ce que je me dis aussi, et les cités italiennes, le pape lui-même, m'appelaient à l'aide pour rétablir la paix en Italie.

— La reine Anne, il est vrai, a manifesté bien des réticences... murmure Jean Robertet.

Charles acquiesce ; il s'en souvient parfaitement : ils se sont quittés à Lyon ; Anne pleurait comme une enfant et les médecins le pressaient de renoncer à son projet. Il a tenu bon, que le ciel en soit loué, car ce voyage fut un enchantement. Comment oublier les acclamations de la foule à Milan, l'accueil des Médicis à Florence, la liesse des habitants de Naples lorsqu'il est entré dans la ville, tout de blanc vêtu, monté sur un cheval étincelant ? Comment oublier aussi l'accueil des belles Napolitaines éperdues d'admiration et toutes les images envoûtantes de ce paradis lumineux posé sur la mer bleue ?

— Sire, vous avez repris votre rêverie, n'est-ce pas ? À croire que ce pays vous a ensorcelé.

— Ensorcelé ! Croyez-vous ? C'est bien ce qui m'inquiète.

— N'exagérons rien. Vous en êtes reparti au bon moment, quand vous avez senti les cités italiennes se retourner contre vous.

— Il était temps ! À Fornoue, nous avons échappé de justesse à une terrible embuscade. Je vous jure, mon bon Robertet, j'ai appris ce jour-là que le paradis italien était infesté de loups... Ensuite, j'ai retrouvé la reine et la vie a repris, ici à Amboise, à Loches et au Plessis. Jusqu'au jour où...

Sa voix se brise et c'est Jean Robertet qui poursuit :

— Jusqu'au 7 décembre de l'an 1495, le triste jour où le petit Charles Orland s'en est retourné à Dieu.

Les deux hommes se taisent. Ce beau garçon de trois ans, potelé et souriant, que la variole a emporté, faisait le bonheur de tous. Malgré les nombreuses grossesses de la reine Anne, il était le seul enfant vivant du couple royal.

Et maintenant, le voici, lui, Charles de France, huitième du nom, agenouillé dans cette chapelle à prier Dieu de lui accorder un héritier. Car il faut un futur roi à ce royaume si fort qui réunit les couronnes de France et de Bretagne.

— Désormais, reprend-il, je m'y engage devant vous, Robertet, je serai irréprochable en tout lieu et auprès de tous.

Le secrétaire sourit avec bonté.

— Nous le savons bien, Sire, votre épouse aussi le sait : vous portez depuis peu une nouvelle tenue plus sobre, ce pourpoint de velours gris et noir qui vous sied d'ailleurs fort bien. Ce sont bien là les couleurs de votre nouvelle sagesse, non ?

Charles sourit et Jean Robertet en profite pour appuyer une main solide sur l'épaule du roi.

— Sire, par pitié, sortez de cette pieuse mélancolie, murmure-t-il d'une voix pressante. N'oubliez pas que la reine Anne, dolente, a besoin de divertissement, et vous lui avez promis de l'emmener après dîner au jeu de paume. Elle aurait plaisir à vous y voir jouer, vous qui excellez à rattraper la balle.

Peu après le repas de midi, le roi est allé chercher la reine dans sa chambre. Il l'a prise par la main et l'a menée le long des galeries jusqu'au grand fossé qui sépare l'ancien et le nouveau château ; c'est dans ce vaste espace devenu inutile qu'est installé le jeu de paume.

— Ma mie, vous seriez plus à votre aise à observer les joueurs depuis la galerie, propose Charles en entraînant son épouse vers un petit escalier raide.

En haut des marches, pourquoi n'a-t-il pas vu le linteau de la porte ? Malgré sa petite taille, il s'est cogné de méchante manière et c'est le front tout endolori qu'il poursuit son chemin vers les autres spectateurs. Aussitôt, l'assistance fait place au couple royal : les dames d'honneur de la reine, le confesseur du roi avec lequel celui-ci échange quelques mots, le cousin Louis d'Orléans, familier de la cour... La petite assemblée s'installe, impatiente de voir le jeu commencer. On convient d'ailleurs que la partie suivante sera disputée par Charles lui-même contre son cousin Louis, et elle sera rude, à n'en pas douter, car tous deux sont d'excellents joueurs.

Que se passe-t-il ? Le roi Charles vient de basculer en arrière. Son entourage se précipite pour le relever, mais... il ne bouge plus, il a perdu connaissance. La compagnie s'affole, fait cesser le jeu. La reine Anne, éperdue, crie à l'aide. On allonge le roi à terre, sur le sol malpropre de la galerie, et personne n'ose le déplacer de peur d'aggraver le mal inconnu qui le frappe. Les médecins accourent. Pour les laisser agir, il faut écarter la reine qui sanglote sur la poitrine de son époux. Hélas ! Après avoir écouté le cœur, soulevé les paupières, ausculté la bouche du malade, ils se relèvent impuissants. Que faire ? Sans prendre le risque de le transporter, ils tentent de ranimer le roi en tirant énergiquement sur sa barbe et ses cheveux. Au bout d'un long moment, Charles ouvre des yeux vagues et murmure quelques mots, puis semble s'assoupir. L'espoir renaît.

— C'est qu'il reprend des forces ! chuchote-t-on autour de lui.

Le temps passe. Le roi ne bouge pas, respire avec peine ; son pouls bat de plus en plus faiblement. Une fois encore, il ouvre les yeux, implore l'aide de la Vierge et de saint Blaise, puis il perd à nouveau conscience. Il ne reprendra pas ses esprits. À onze heures du soir, il meurt, étendu dans la galerie, là où il est tombé. Il avait vingt-huit ans.

Tandis que l'on porte son corps, d'abord dans sa chambre au château, puis vers Saint-Denis, la nécropole où sont ensevelis les rois de France, la reine Anne s'enferme dans l'obscurité pour quarante jours.

La vie a fui le château silencieux. On n'entend plus le rire de Charlotte ni les outils des maçons ni les chariots dans la tour Hurtault. Souhaitant porter le deuil à la manière bretonne, la reine Anne s'entoure de voiles noirs et refuse la tenue blanche portée par les veuves royales. Privée de son époux, la reine de France est redevenue duchesse de Bretagne. Elle se souvient, elle n'a jamais oublié ces lignes inscrites dans le contrat qu'elle a signé le jour de ses noces : en cas de décès du roi sans héritier, elle devra épouser celui qui lui succédera sur le trône, et ce successeur n'est autre que le cousin Louis d'Orléans. Dès à présent, elle doit y penser. Elle n'a que vingt-deux ans, elle souhaiterait sans doute se laisser guider par son cœur, mais il est écrit que Bretagne restera à la France...

Aujourd'hui, l'heure est à la peine. Demain, peut-être, viendra le temps d'un autre règne.

4. Prisonnier sur l'île

Château d'Azay, octobre 1518.

Enfin, la cloche a sonné. C'est la fin de la journée. Jean enlève les épais gants de cuir que lui fournit le chantier et frotte son bras meurtri par l'effort, son poignet douloureux sous l'anneau de fer qui l'enserre. Il ne peut bouger encore, enchaîné à la lourde manivelle qu'il fait tourner afin d'actionner la pompe et aspirer l'eau boueuse des fondations. À côté de lui, Albert le brassier, un de ses compagnons d'infortune, masse ses épaules de sa main libre pour en chasser le souvenir des longues heures passées sur l'épuisante machine. Le mouvement des courroies et des poulies s'est arrêté, les marteaux et les scies se sont tus, et l'on peut entendre les eaux de l'Indre courir gaiement autour du château. En secouant ses bottes lourdes de boue, Jean se prend à rêver d'un bain chaud, dans le baquet de bois devant la cheminée d'une maison accueillante. Hélas non, ce qui l'attend est moins réconfortant : dans quelques instants, il regagnera la prison de la tour, vestige de l'ancienne forteresse que le puissant financier Gilles Berthelot a achetée, il y a sept ans. D'ailleurs, Jean voit déjà s'avancer le geôlier, pressé de reconduire les prisonniers jusqu'à l'obscure salle voûtée qui leur sert de dortoir. Cette maudite tour, dressée à l'angle du logis neuf, lui fait l'effet d'une pomme pourrie sur un plateau de fruits frais. Car il est bien beau, le nouveau château d'Azay, avec sa façade si élégamment ordonnée et ses fenêtres de plus en plus décorées à mesure que le regard s'élève. Bien que simple charretier de son métier, Jean trouve que cette façade claire est un bonheur pour les yeux. Il serait même fier de participer à la poursuite des travaux s'il était un homme libre, comme les autres ouvriers, et non un prisonnier dont chacun se méfie.

Albert le brassier le pousse du coude.

— Regarde, on va grappiller un petit moment sous le soleil, le temps que la patronne finisse sa causerie avec le geôlier. Surtout, ne fais pas le malin, incline-toi quand elle passe !

Jean n'a aucune envie de jouer les obéissants. Il regarde s'approcher l'imposante dame, encombrée d'une rutilante robe de velours et d'une lourde résille rehaussée d'or retenant ses cheveux. Philippe, elle s'appelle Philippe Lesbahy. Un prénom de roi pour cette riche bourgeoise qui a épousé Gilles Berthelot. Un prénom d'homme à ce qu'on dit, mais la reine s'appelle bien Claude ! Il faut reconnaître que Philippe Lesbahy dirige le chantier d'une poigne ferme, sans crainte de salir ses jupes dans la boue de l'Indre. Elle projette d'ajouter encore deux autres corps de bâtiment et l'ensemble, une fois achevé, fera une somptueuse demeure que ne renierait pas le roi. Presque chaque jour, Dame Philippe vient de Tours inspecter les travaux en compagnie de son secrétaire, le curé de Saint-Cyr, qui pose parfois son écritoire sur un madrier afin de noter les dépenses dans le grand livre de comptes. Aujourd'hui, c'est Étienne Rousseau qui tient le bras de Dame Lesbahy, et celle-ci écoute avec attention les explications du maître maçon. On voit bien qu'elle aime de toutes ses forces ce château à peine sorti de terre, aussi fort qu'elle aimerait ses enfants si elle en avait eu. Mais le ciel ne lui a pas accordé ce supplément de bonheur, et Jean n'en est pas mécontent. Il lui suffit bien, pense-t-il, d'être l'une des femmes les plus riches du royaume et d'avoir pour elle ce château de rêve ! Une partie est déjà achevée. Dans les chambres de l'étage, les maçons ont monté ces jours derniers les cheminées en pierre de Saint-Aignan, et la dame pourra s'installer très bientôt.

La voilà qui approche. Il ne s'incline pas. Il cherche à capter son regard. Qu'a-t-elle dit au geôlier ? Elle est tout près ; un mince sourire lui éclaire le visage. Ses yeux sont froids mais honnêtes.

— Vous travaillez dur, m'a dit maître Rousseau, et sans vous plaindre. J'apprécie. J'ai ordonné qu'on chauffe la salle dans la tour. Vous aurez également de la viande à midi. Il ne sera pas dit que ce château a été bâti dans la peine.

Tandis qu'Albert s'incline, Jean la remercie d'un battement de cils et ose poser la question qui l'obsède :

— Dame, pouvez-vous me dire quand nous serons jugés ?

— Tout dépend du bon vouloir de mon mari, qui est très pris par sa charge ; il est président de la Chambre des comptes et maire de Tours[1], vous le savez bien.

Sans un mot de plus, elle a continué son chemin, descendant jusqu'à la rivière d'où Étienne Rousseau a poursuivi ses explications :

— Là-bas au centre, un escalier droit, invisible de l'extérieur, souligné seulement par une loggia.

— Oui, comme chez ma cousine Catherine Briçonnet à Chenonceau. Nous devrions peut-être...

Leurs voix se sont éloignées. Le geôlier a saisi les bracelets des deux prisonniers pour les ramener jusqu'à la tour, et Jean, avant de baisser la tête sous le linteau de la porte, s'est retourné pour regarder le ciel pâle. Assis à présent sur sa paillasse, il rumine sa colère. S'il s'écoutait, il cognerait contre ces murs jusqu'à s'en faire éclater les poings.

— Essaie de te calmer, murmure Albert. Ça va bientôt être l'heure de la soupe. Et puis, t'as entendu ce qu'a dit la patronne. Demain on aura du feu ; on dormira au chaud.

Jean se moque bien du feu, de la soupe et des sourires de la patronne. Il veut être dehors, à galoper sous les étoiles, à sentir le vent frais lui fouetter le front. Jean a trois folies dans le cœur : le ciel, les chevaux et Françoise, qui vit là-bas, près de

1. En devenant propriétaire de la forteresse et des terres d'Azay, Gilles Berthelot a acquis également le droit d'exercer la justice sur le domaine.

Châteaudun, en remontant vers Chartres. Il donnerait n'importe quoi pour être à l'instant devant la porte de sa maison, à guetter le bruit de ses pas et attendre son sourire. Pourtant, il ne sait même pas si Françoise l'aime en retour.

— Tu vois, dit-il à Albert, elle n'apprendra peut-être jamais que je me suis battu pour elle et que je suis là, derrière ces murs, à cause de ça. Eh bien, je regrette même pas...

Le geôlier a ouvert la porte pour poser un chaudron de porée et des tranches de pain. Après avoir rempli les écuelles, Albert répond, la bouche pleine :

— Toi, tu frappes trop fort, ça te joue des tours.

— Oui... C'est quand j'abuse de la chopine. Faut dire que l'autre m'avait cherché des poux en insinuant que ma Françoise avait sûrement un amoureux et qu'elle avait déjà oublié le baiser qu'elle m'a donné.

— T'avais pas remarqué que c'était le fils du notaire ?

— Un gros porc au ventre mou ! Seulement voilà, son père est bien vu par messire Gilles Berthelot et ça ne va pas arranger mes affaires.

Jean se tait, la poitrine serrée. Lors de la bagarre, le fils du notaire a eu la mâchoire fracassée. L'amende sera lourde. Et comment pourra-t-il payer, lui qui n'a pas un sou ? Mieux vaudrait s'évader. Oui, fuir et se cacher, plutôt que d'attendre la sentence.

Il redresse la tête vers Albert et se retient d'annoncer : « Bientôt, je vais partir. » Car Jean cogne, c'est bien vrai, mais il n'en dit jamais trop.

Quelques jours plus tard, au moment où accoste un chaland venu des carrières de Saint-Aignan, une des courroies de la pompe se rompt brutalement. Jean peste bien fort en brandissant le cuir déchiqueté et Albert renchérit en assurant que la charge est trop lourde. Le corroyeur étant occupé ailleurs, Étienne s'empresse de poster les deux prisonniers à décharger le bateau. Les tailleurs de pierre, soucieux de vérifier la qualité de la marchandise, ne tardent pas à tourner autour de la charrette où s'empilent les blocs équarris. Penchés sur les pierres, ils ne remarquent pas que Jean s'affaire discrètement autour du cheval. Et lorsque sonne la cloche de midi, personne n'a le temps de barrer la route au cavalier lancé au grand galop. Une fois le pont franchi, Jean se redresse. Il est libre. Il ne lui reste plus qu'à piquer vers le nord, en direction de Châteaudun.

***

Azay-le-Rideau, 1528.

— Regarde, Françoise. Regarde, ma mie ! Tu vois la tour, là juste devant nous ? C'est dans ses murs que j'étais enfermé. Et puis voici le château, avec la nouvelle aile qu'on bâtissait lorsque je suis parti. Dame Lesbahy n'a pas eu le temps de construire les autres. Mais ce qu'elle a fait n'est pas raté. Elle voulait un escalier qui ne soit pas vissé dans une tour. Elle a réussi. T'as vu un peu ces moulures, ces décors aux fenêtres. Moi, je ne me lasse pas d'admirer !

— T'as raison. C'est beau comme le palais d'un roi, murmure Françoise.

— Tu sais, ils étaient presque aussi riches que le roi. C'est sans doute pour ça qu'ils ont tout perdu. Le jour où le financier Jacques de Beaune a été pendu[1], Gilles Berthelot a pris la fuite. Lui aussi avait prêté de l'argent au roi et à sa mère. Enfin, on ne sait pas ce qui s'est réellement passé. En tout cas, Dame Lesbahy a dû laisser son château...

— C'est le roi qui l'a pris ?

Occupé à immobiliser la barque qui les transporte sur le courant de l'Indre, Jean hoche la tête avant de répondre :

— Il l'a offert peu après à Antoine Raffin, un de ses vaillants chefs de guerre en Italie.

— Dame Lesbahy a gardé une maison et des terres par chez nous, reprend Françoise, pensive. Elle est venue s'y réfugier quand son mari s'est

1. Jacques de Beaune, baron de Semblançay, trésorier de la reine Anne de Bretagne puis de Louise de Savoie, mère de François Ier, est le cousin de Gilles Berthelot. Il est mort en août 1527.

sauvé... Je me souviens, elle n'osait pas trop se montrer.

Jean écoute à peine son épouse. Emporté par l'émotion, il s'est tourné vers le château qu'il a quitté dix ans plus tôt... Ce jour-là, lorsqu'il est arrivé à Châteaudun, il a su que Françoise n'avait rien oublié. Malgré les baisers et le bel accueil de sa bien-aimée, il ne pouvait rester. Les gens auraient parlé ; les sergents l'auraient trouvé et ramené à Azay... Alors, il s'est engagé dans l'armée. Le roi François se querellait sur bien des frontières avec son ennemi l'empereur Charles Quint et Jean, conduisant les charrettes de l'armée, a couru du Luxembourg à la Provence, puis en Italie vers Milan et Gènes où se tenaient des garnisons françaises, enfin jusqu'à Pavie où le roi a livré bataille. Partout, le charretier s'est fait bien voir, si habile à manier les chevaux, ceux qui apportent le ravitaillement et ceux qui transportent les canons. Bientôt, il a appris comment les soigner, comment les remplacer. Devenu fournisseur de chevaux pour les armées royales, il est rentré au pays avec un laissez-passer et Françoise, à nouveau, lui a ouvert les bras. Cette fois, ils ne se sont plus quittés. N'ayant plus rien à craindre de Gilles Berthelot ni de la cour de justice d'Azay, Jean a voulu montrer le lieu à sa jeune épouse. À présent, il se sent apaisé. Mais tout de même, il ne ferait pas bon rencontrer le fils du notaire, qui a dû prendre la succession de son père... En appuyant sur les rames, Jean s'éloigne doucement. Avant qu'un coude de la rivière ne lui enlève la vue du château, il se redresse une dernière fois et se dit fièrement que ses bras ont contribué à faire naître cette splendide demeure, la plus belle qu'il ait jamais connue.

Puis il regarde amoureusement Françoise, si jolie sous le ciel duveteux du printemps en Touraine.

5. Au nom de la reine

Blois, printemps 1523.

Après le repas de midi, la ville de Blois s'est assoupie, laissant la Loire rouler ses eaux capricieuses vers Tours, Angers, Nantes et au-delà, jusqu'à la mer. Le grand océan, là-bas vers l'ouest, Jean Fabert l'a rencontré une fois, il y a une dizaine d'années, quand il a voulu s'embarquer sur les bateaux. C'était du temps de la reine Anne, alors qu'il était un jeune garçon. Mais une fois monté à bord, il n'a pas pu rester. La Loire lui manquait, et puis aussi cette terre blonde qui s'étire si doucement le long du fleuve. Il est vite revenu à Blois et n'a plus bougé. Depuis ce moment, il entretient les jardins royaux avec autant d'amour qu'un médecin penché sur une belle jeune fille fragile. C'est qu'il y a beaucoup à faire pour que les fleurs, les herbes à potage, les plantes médicinales et les arbres fruitiers forment un bel écrin de nature autour du château. De leur côté, les souverains n'ont cessé d'embellir ces murs qui ont connu tant de guerres, tant de fêtes. Le roi Louis XII, né ici, a fait bâtir d'élégants logis de brique ornée de pierre blanche, et son gendre le roi François s'est lancé dans la construction d'une aile plus riche, plus ouvragée, inspirée de l'Italie où tout est de bon goût, à ce qu'on dit. Jean Fabert, qui n'aime pas beaucoup le roi François, préfère la galerie du roi Louis, mais il garde son opinion pour lui.

Dans l'air assoupi, on entend seulement les abeilles butinant les fleurs du printemps. Jean a roulé ses chausses jusqu'aux mollets et laisse béatement le soleil lui chauffer le dos à travers la chemise. Ainsi dévêtu, il est plus à son aise pour sarcler les parterres. Ici, dans le jardin de la Bretonnerie, il se sent tout à fait chez lui, comme un roi dans son domaine, ose-t-il se dire en arrachant les mauvaises herbes avec application. Et ses plantations, bien soignées, protégées des vents d'ouest par le pavillon d'Anne de Bretagne, semblent le remercier en poussant, plus belles et plus drues qu'ailleurs.

Quel délice d'être là, à bichonner ce coin de paradis, au lieu de suivre la cour royale dans ses déplacements, comme font d'autres jardiniers. Partout où il va, le roi François veut des fleurs et des femmes, les plus fraîches pardi ! Tandis que ses jardiniers dressent à la hâte des compositions florales, des parterres multicolores pour orner les repas et les collations, le roi s'épanouit entre Françoise, Marguerite, Antoinette, Marie...

— Quelle chance il a, ce beau gaillard ! grommelle Jean en se redressant, la binette à la main.

Oui, la vie sourit au roi de France. À Romorantin, Chambord ou Amboise, il chasse les biches et les demoiselles tandis que la reine Claude, ici à Blois, met au monde les enfants du roi. Depuis bientôt dix ans qu'il vit au château, Jean l'a presque toujours connue enceinte, de plus en plus ronde, de plus en plus lourde à mesure que les grossesses se succèdent.

— Allons, Jeannot, cesse de rêver et viens boire un coup ! C'est l'heure de la collation, crie une voix rieuse derrière lui.

Jean sourit et s'éponge le front.

— Tu te souviens, toi, de la naissance du dauphin ? demande-t-il à Toinette, qui arrive de la cuisine avec un panier de pain blanc et une gourde de vin.

— Le dauphin ? Il est né le 28 février de l'an 1518, affirme la servante, très fière d'avoir suivi de près toutes les naissances royales. Je m'souviens que partout les cloches ont sonné ; près de l'église Saint-Lomer, où j'habite, les gens s'embrassaient dans la rue. Dame, ça faisait longtemps qu'on avait vu la naissance d'un fils de roi ! Ce premier garçon avait déjà deux sœurs aînées : la petite Louise, si vite repartie auprès des anges du ciel, et Charlotte qu'est bien vivante, Dieu merci... Et puis, il y a eu Henri, Madeleine... Charles qui ne marche pas encore, et enfin ce nouveau bébé qu'on attend pour le mois prochain.

— Le roi peut être fier de ses enfants, dit Jean en tournant rêveusement son gobelet entre ses mains terreuses. J'espère au moins qu'il remercie sa femme. Moi, si j'étais à sa place...

Toinette l'interrompt en s'esclaffant :

— Tu parles s'il la remercie ! La pauvre n'a même pas choisi les prénoms ! Sa belle-mère et sa belle-sœur décident de tout.

— Parle moins fort ; je crois bien qu'ils arrivent !

En effet, depuis le pont qui enjambe le petit ravin devant le logis neuf, parviennent des rires et des chamailleries. La sieste est finie ; accompagnés de leurs gouvernantes, les enfants du roi vont s'ébattre au jardin.

— Regarde, murmure Toinette avec tendresse, c'est le petit Henri qui trotte devant, comme d'habitude. Il gagne tous les jeux d'adresse et les joutes. Son frère sera roi, mais lui fera un superbe chef de guerre.

Jean est beaucoup moins attendri par l'enfant batailleur, qui s'est jeté sur ses poiriers taillés en fuseau et les secoue de toutes ses forces. Si l'on veut quelques fruits sur la table à l'automne, il faut que ce chenapan, tout fils de roi qu'il est, cesse immédiatement ses bêtises.

Et Jean, incapable de supporter que l'on saccage ses arbres fruitiers, s'élance derrière le prince Henri. Quel soulagement de voir le petit groupe s'engager dans la galerie qui mène au verger, devant le jeu de paume ! Là, les enfants pourront chahuter tant qu'ils voudront ; les pommiers et pruniers de plein vent n'ont rien à craindre de leurs petites mains hardies.

Tandis que les piaillements s'éloignent, Jean se remet au travail, heureux de goûter à nouveau le silence de son jardin préféré.

— Tu aurais dû être moine ! reproche doucement Toinette, qui aimerait le voir plus gai, plus causant.

Mais Jean ne l'écoute pas, penché vers les rosiers importés d'Italie qui tardent à bourgeonner, et la jeune fille emporte en soupirant le panier vide vers la cuisine.

L'après-midi s'est écoulé paisiblement.

Jean a ratissé les allées puis s'est adossé au chaud contre le pavillon de la reine Anne. À présent que les ombres s'allongent, il pourrait rentrer, s'arrêter en ville dans quelque taverne, mais rien ne le presse. Il n'a ni femme ni enfants à la maison.

Surtout, l'air est assez doux pour que la reine ait le désir de sortir et il aimerait bien la saluer. Si c'était la saison des fruits, il se ferait une joie de lui en offrir quelques-uns, pour la rafraîchir.

— Ah, des violettes peut-être, pense-t-il en allongeant le pas vers les plates-bandes.

Occupé à choisir les fleurs les plus parfumées, il entend cependant le crissement de pas menus sur le sable. La reine Claude s'avance en effet, presque seule comme à l'accoutumée, elle qui n'a ni amis ni courtisans.

Les habitants de Blois savent bien qu'elle a tout donné à son mari : ses comtés italiens hérités du roi Louis XII son père, ceux d'Étampes et de Montfort et même ses droits sur le duché de Bretagne qui lui viennent de sa mère, la reine Anne... Elle ne possède plus rien, sauf Blois, qu'elle a voulu garder.

Ici, elle est chez elle et les gens du château sont fiers qu'elle les ait choisis, en quelque sorte, pour veiller sur elle et sur ce ventre énorme qu'elle a tant de mal à porter.

La lourde silhouette s'est immobilisée près de la fontaine. Assise sur la margelle, la reine trempe un pied dans l'eau claire, appelant la fraîcheur pour alléger ce poids qui l'étouffe.

Jean Fabert s'approche. N'ayant rien d'autre que ses mains pour offrir les violettes à peine écloses, il tend son présent en s'inclinant respectueusement. Elle sourit, saisit le minuscule bouquet. La dame de Rohan, craignant qu'on n'importune la reine, s'est avancée. Elle apporte une chaise pliante garnie d'un coussin et l'invite à s'asseoir plus confortablement.

Bien installée, la reine Claude a posé les deux mains sur son ventre et regarde au-dessus d'elle le bleu si doux du ciel.

Elle ne dit rien ; d'ordinaire, elle parle peu et les mauvaises langues de la cour assurent qu'elle n'a pas de conversation.

Cette quiétude du soir, que chacun goûte à sa façon, est troublée par un courrier venant porter un message. Afin de ne pas déranger, Jean s'est écarté.

— Madame, une lettre du roi votre époux. Veuillez me faire savoir si je dois attendre la réponse.

La reine décachette le pli. Une barre soucieuse marque aussitôt son front. Levant les yeux, elle soupire :

— François souhaiterait passer ici les fêtes de Pâques !

Personne n'ose broncher. Jean retient ses mains qui voudraient se lever en signe de protestation. Une fête ! À quoi pense donc cet enfant gâté ? Une fête ici à Blois ! Du bruit, des cavalcades, des soirées tumultueuses, des banquets interminables... Alors que la reine est à bout de forces !

Claude laisse errer son regard sur le jardin qu'elle aime et se détourne à peine du paisible spectacle pour murmurer.

— Dites-lui de ma part...

Elle inspire profondément.

— Dites-lui non. Voilà, ce sera tout.

Plus détendue, elle s'adresse à sa compagne.

— Je me souviens de la grande fête que nous avions donnée pour le baptême du dauphin. C'était il y a si longtemps et j'étais jeune alors.

— Comment cela, Claude ? s'exclame la dame de Rohan, c'était il y a cinq ans à peine, et aujourd'hui, vous n'avez pas plus de vingt-quatre ans !

Jean les a laissées. À pas lents, il s'en retourne chez lui en longeant les aubépines, les bouquets d'aneth et de romarin.

Quelques jours plus tard, la reine a quitté Blois pour le château de Saint-Germain.

Marguerite est née le 5 juin.

Jean l'a su en entendant sonner les cloches de la chapelle, puis celles de la ville. Il s'est empressé de tresser une couronne de lis et d'œillets mêlés à des rameaux de tilleul pour fêter à sa manière la naissance du septième enfant royal.

Longtemps, ensuite, il a guetté le retour de la reine au jardin. Elle était rentrée, il le savait, mais personne ne la voyait plus. Toinette disait qu'elle se remettait difficilement de ses couches. L'été a passé sans qu'elle paraisse à la fontaine, puis l'automne est venu. Elle n'est pas sortie, malgré les douces journées d'octobre, tant elle se sentait alanguie.

Dès le printemps suivant, les médecins ont annoncé que les grossesses avaient usé toutes ses forces et qu'elle ne vivrait pas longtemps.

Le 12 juillet, le roi François, partant guerroyer en Italie, est venu embrasser son épouse. Elle est morte la semaine suivante, le 20 juillet exactement, après avoir demandé qu'on ouvre la fenêtre afin que montent jusqu'à elle les douces senteurs du jardin.

En apprenant ce détail, Jean a pleuré et Toinette en a profité pour le serrer dans ses bras.

***

Vingt-six ans plus tard...

— Tenez, mon bon Fabert, apprivoisez donc cette espèce de prunier que le sire Pierre Belon nous rapporte de son voyage en Orient. Emportez précieusement ce plant, faites-le fructifier dans vos jardins et dites-moi si ses fruits valent vraiment tout le bien que ce grand savant en dit.

En redescendant par petites étapes de Paris vers les bords de la Loire, Jean Fabert se remémore avec précision les paroles du roi Henri, second fils et successeur du roi François. Ainsi, l'enfant batailleur d'autrefois, devenu roi à la place du dauphin mort trop tôt, a maintenant quelque souci de botanique ! L'entrevue a eu lieu au château de Madrid, dans le bois de Boulogne, aux portes de Paris. Jean, qui ne voulait pas quitter Blois, a dû s'adapter aux déplacements de la cour après ce triste été 1524. Les enfants royaux ayant été transférés à Amboise, le château s'est trouvé bien vide. Toinette, un peu désœuvrée, a entrepris de faire une cour assidue à Jean jusqu'à ce que celui-ci dise oui. Mais le jardinier a continué de soigner les plantes avec amour, de plus en plus attentif à celles qui arrivaient d'Italie, de l'Inde ou du Nouveau Monde.

Le voici de retour à Blois, avec ce brin de prunier venu de loin qui va réclamer beaucoup de savoir-faire et de patience. Mais Jean Fabert est bien pourvu des deux. Il greffe, soigne, observe, attend. C'est seulement après le deuxième hiver qu'il voit apparaître les fleurs blanches, puis les minuscules fruits ronds dont il surveille la croissance. Enfin, à la fin du mois d'août, il est temps de cueillir les premières prunes que l'arbre a données.

— Viens voir, Toinette ! crie-t-il à sa femme qui lui apporte fidèlement la collation, je voudrais que tu les goûtes, toi qui es si fine cuisinière.

Il lui tend la plus belle. Elle croque dans la chair dorée, aspire le jus qui perle, déguste lentement.

— Jésus, Marie, quel délice !

— N'est-ce pas ! Plus douce, plus sucrée que celles de chez nous. Je vais courir en porter au roi. Par chance, je le trouverai à Amboise ou à Chenonceau. Point besoin de monter à Paris !

— Attends Jean, ne pars pas si vite ! Tu vas l'appeler comment, cette merveille ?

Jean sourit. Il regarde l'arbre, le jardin, puis la belle façade du château avec ses loges italiennes, enfin la fontaine où venait autrefois se reposer une silhouette toute ronde.

— Je l'ai baptisée reine-claude, murmure-t-il avec tendresse.

Puis il ajoute d'une voix plus ferme :

— Tu vois, Toinette, elle a si peu vécu, on l'a si peu aimée que le monde l'a déjà oubliée. Désormais, on dira son nom sur les marchés, dans les cuisines, à l'heure du dessert, au goûter des enfants... À partir d'aujourd'hui, et pour des centaines d'années peut-être, on parlera d'elle plus que d'aucune autre reine. Et moi, je suis bien content de cela.

Les jardins du château de Blois ont été envahis par la ville. Le pavillon Anne de Bretagne est situé aujourd'hui avenue Jean-Laigret.

6. Catherine la mal-aimée

Chambord, 16 décembre 1539.

— Pierrot, c'est à toi, dit le roi François d'une voix forte en se tournant vers son maître veneur.

Pierre de Ruthis, que chacun connaît à la cour sous le nom de Pierrot le Béarnais, prend le temps d'observer les cavaliers rassemblés autour de lui, puis il lève lentement le coude pour sonner de la trompe et la troupe s'élance dans la brume glaciale. C'est une immense cohorte qui s'étire vers la forêt : les princes et les seigneurs, leurs écuyers, les princesses et leurs suivantes, les valets de chien qui tiennent la meute en laisse, les veneurs, les piquiers et les chevaucheurs armés pour affronter le sanglier, enfin les chariots pour transporter le matériel et les victuailles.

— Je veux une partie de chasse gigantesque, éblouissante, vous m'entendez ? a ordonné François hier au soir.

— Vous l'aurez, Sire ! a répondu Pierre de Ruthis avec une tranquille assurance.

Le roi, qui arbore ce matin une chaude tenue de feutre vert doublée d'une fourrure de loup, a les yeux fixés sur son chien Miraud, un fauve de Bretagne que le valet retient avec peine. C'est lui qui mènera la meute tout à l'heure et François sait que ce chien n'a pas son pareil pour courir le cerf.

De sa main gantée, le roi François maintient fermement les rênes afin de ne pas devancer l'illustre invité qui l'accompagne, enveloppé dans une pelisse noire et monté sur un coursier de même couleur. Il s'agit de Charles Quint, roi d'Espagne, empereur d'Allemagne et des territoires découverts au Nouveau Monde, un homme extraordinairement puissant qui fut hier son implacable ennemi. Traversant la France pour se rendre aux Pays-Bas, dont il est aussi le maître, Charles Quint a demandé l'hospitalité au roi, et François s'est empressé de transformer cette visite de passage en une réception inoubliable afin de bien montrer à son hôte que le roi de France, s'il ne peut se parer du titre d'empereur, n'en possède pas moins un royaume riche et solide, de somptueux châteaux... et des forêts regorgeant de gibier.

Pour le gibier, François s'en remet à Pierrot le Béarnais qui a envoyé dès l'aube ses veneurs faire le pied à la recherche des plus beaux cerfs. D'ailleurs le bruit court qu'un splendide dix-cors a été repéré. Les empreintes relevées dans la glace fine du matin indiquent sa présence toute proche. C'est donc une bête de choix que Pierrot a réservée au roi et à sa « petite bande », comme François nomme familièrement le groupe de princes et princesses qui ont le privilège de l'accompagner partout. Pour le plaisir des autres dames et seigneurs, les veneurs ont débusqué une harde comprenant des dizaines de biches et quelques daguets. Et puis il y aura aussi du daim car l'empereur Charles Quint a exprimé son penchant pour ce bel animal tacheté. Les chiens ont été lâchés, Miraud en tête, et la battue a commencé. Le roi a laissé l'empereur prendre les devants. Parmi les cavaliers qui galopent derrière eux, une mince cavalière se détache du groupe.

— Catherine, ma mie, où allez-vous ? s'enquiert le roi François en se retournant vers sa belle-fille.

— Point de souci, Sire, je prends seulement le temps d'admirer votre couronne, répond la jeune femme d'une voix rieuse où chante l'accent italien.

Et, d'un léger geste de la main, elle lui indique qu'elle les rejoindra dans un instant.

Catherine aime l'architecture et, depuis cette trouée qu'elle aperçoit entre les arbres, le château de Chambord émerge de la brume, aussi beau qu'une couronne. Quel émerveillement ! C'est seulement hier qu'elle l'a découvert, car la cour y séjourne fort peu. Depuis qu'elle est arrivée en France, il y a six ans, Catherine n'avait pas encore eu l'occasion de l'approcher. Et voici enfin qu'elle a aujourd'hui devant elle ce gigantesque bijou de pierre blanche et d'ardoise bleue, qui semble flotter entre l'eau et le ciel de Loire. Elle qui avait connu dans sa jeunesse les formes plus rectilignes des palais romains se sent soulevée d'enthousiasme devant cette forêt de tourelles et de clochetons.

— Eh bien, Catherine, que fais-tu là, immobile comme une statue, alors que le froid nous perce les os ? demande Marguerite, sa très jeune belle-sœur qui vient de la rejoindre, tout essoufflée.

— Je n'ai pas froid, ma chérie, et je regarde... C'est le plus beau château que ton père ait fait construire. Bien plus élégant que les palais de mes ancêtres les Médicis. Tu vois, Marguerite, j'aime beaucoup votre pays.

Et elle ajoute tout bas, pour elle seule :

— C'est aussi le pays d'Henri...

Malgré ses joues raidies par le froid, Marguerite lui rend son sourire et demande :

— Et si nous avancions un peu. J'en ai assez de chevaucher à l'arrière avec les suivantes de ma tante[1]. Tu crois qu'ils ont déjà tué un cerf ? En tout cas, il paraît qu'une collation a été préparée au carrefour de la Pie-Verte.

Catherine se détourne avec regret et éperonne son cheval.

— Tu as raison, il faut vite rattraper la petite bande sinon...

— Tu vas manquer à mon père, qui ne jure que par toi !

— Ne dis pas de sottise. Il est déjà choyé par ta tante Marguerite et par la duchesse d'Étampes ! Non, je voudrais le voir servir[2] le cerf. C'est un chasseur formidable. Allons ! Dépêchons-nous !

— Je ne peux pas te suivre ! crie bientôt la petite voix derrière elle. À chaque fois, tu oublies que tu es la meilleure cavalière de la cour !

Catherine sourit et retient son cheval, laissant son amie la rejoindre.

1. Marguerite de France, dernier enfant de François Ier, est née le 5 juin 1523 (voir récit précédent). Orpheline de mère à un an, elle est élevée par la sœur du roi François, Marguerite de Navarre.

2. Tuer dans le langage des chasseurs.

— Je suis sûre que tu pourrais aller plus vite. Sans doute es-tu mal assise. Regarde : un pied bien calé dans l'étrier et un genou replié comme ceci sur l'arçon de ta selle.

Pour mieux se faire comprendre, elle saute de sa monture et se remet lestement en selle, soulevant ses jupes et dégageant une jambe gainée de soie.

Le joli spectacle déclenche les applaudissements des écuyers et des princes qui forment la fin du cortège royal.

— Ah, la petite dauphine, elle n'a pas grande allure, mais à cheval, elle fait des merveilles ! commente-t-on çà et là.

Catherine, désormais habituée à ces compliments qui contiennent toujours un peu de fiel, adresse à l'assistance un salut enjoué. Voilà pour elle un solide atout : toutes les dames de la prestigieuse cour de France peuvent la remercier d'avoir apporté d'Italie la monte en amazone, qui permet le trot, et aussi le galop si la cavalière est un peu hardie. Fini le temps où elles devaient suivre de loin les chasses et les promenades, assises au travers de la selle, les deux pieds reposant sur une planchette qui les obligeait à aller au pas. Même la grande Sénéchale[1], qui chevauche chaque matin, car l'air

1. Diane de Poitiers, surnommée la grande Sénéchale, est duchesse de Valentinois et maîtresse du roi Henri II.

frais lui embellit le teint, doit à la petite Italienne de pouvoir si bien galoper. De son côté, le roi François est enchanté de cette innovation. Lui qui n'aime rien tant que la compagnie des femmes se réjouit de pouvoir emmener ses préférées partout, y compris dans les chasses les plus sportives.

Dans la clairière, en effet, les serviteurs distribuent du vin chaud, du bouillon gras, des croustades dorées et des couvertures pour ceux qui grelottent. Marguerite accepte l'une et l'autre tandis que Catherine se contente d'un breuvage chaud. Elles sont toutes deux à se restaurer quand apparaît la petite troupe royale.

Le visage de François est radieux et l'empereur a l'air fort satisfait. La duchesse d'Étampes, qui ne quitte pas le roi, dissimule habilement une petite ride de fatigue.

— Honneur à vous, mon cher cousin, s'exclame François en levant son verre en direction de son invité, honneur à vous qui avez servi le cerf. Quel bel animal et quelle main sûre ! Un spectacle inoubliable !

Élégant dans toutes ses manières, le souverain se garde bien de rappeler qu'il a récemment tué de sa dague un cerf qui avait renversé son cheval et manqué le piétiner. Catherine le sait parce que la cour en parle encore. Elle lui lance un regard complice.

— Alors, ma bru, votre sentiment sur mon château ?

— Un palais de rêve, Sire, conçu pour les elfes et les fées qui peuplent vos forêts de France.

François la remercie d'un sourire et se tourne vers Charles.

— Après le dîner, voudriez-vous me faire l'honneur d'accepter une visite de cette demeure ? Vous verrez, nous gravirons l'escalier en même temps, sans nous rencontrer avant la terrasse du haut. Ce prodige est une invention du grand maître Léonard de Vinci. Honneur à lui et à tous ces artistes qui font naître pour nous tant d'étonnantes beautés.

Le roi interrompt son discours pour se pencher vers Pierrot le Béarnais, qui sollicite son attention, puis il se redresse.

— Mesdames et Messieurs, Pierrot s'apprête à nous offrir à présent quelques sangliers. Préparez-vous car c'est là le gibier le plus palpitant que je connaisse.

La battue a repris. En bordure de la rivière, là où les bosquets sont très épais, les veneurs ont lancé de petits chiens courants qui se faufilent partout. Soudain retentissent des glapissements de douleur. Sans doute un sanglier surpris dans sa bauge tient tête aux chiens et en a blessé plusieurs, malgré leur collier hérissé de pointes.

— Prenez garde à vous, les gars ! crie Pierre de Ruthis aux traqueurs qui s'avancent vers le fourré, l'épieu à la main, pour débusquer la bête et laisser au roi François le plaisir de l'abattre.

Catherine suit la scène avec attention. Rien ne la rebute, ni le froid, ni l'odeur du sang, ni la découpe de l'animal mort afin que les chiens aient leur récompense. Ce grand roi passionné de chasse est son plus précieux soutien à la cour et elle ferait n'importe quoi pour garder le privilège d'être admise à ses côtés.

Cependant, une somptueuse tenue noire et blanche, apparue au détour de l'allée, attire son regard. Puis une seconde, manteau noir et casaque blanche, si bien assortie à la première. C'est celle du dauphin Henri, son époux, qui accompagne Madame la Sénéchale. Le cœur défaillant, Catherine regarde s'approcher les deux inséparables. Le mari que Dieu lui a donné a choisi d'en aimer une autre. Jour après jour, Catherine subit l'affront public de les voir ensemble et, malgré la grande réserve que lui impose la Sénéchale, Henri ne peut cacher l'amour qu'il a pour elle.

Que faire ? Pleurer ? Se tordre de douleur ? Toute la cour se gausserait de la petite Italienne qui a eu le suprême honneur d'épouser un fils du roi et se paie en plus l'audace de geindre. On la délaisserait, elle perdrait ses alliés ; le roi François, qu'elle admire, exigerait plus de retenue, et elle ne supporterait pas de le décevoir. Non, Catherine le sait, elle continuera de sourire, de plaire à tous, d'être obéissante et douce.

— Allons, rentrons, dit-elle calmement à Marguerite, tu claques des dents ! Regarde, c'est fini. Le gibier est déjà sur les chariots, et le roi vient de donner le signal du retour... Si nous piquions un galop pour être plus vite au chaud ?

— Il est vrai que je ne suis pas jolie, soupire-t-elle un peu plus tard devant la table de toilette où les chambrières ont aligné à sa demande des flacons et des pots de fard : du blanc pour les joues, du rose pour les lèvres, de la poudre pour cacher ce bouton disgracieux au coin du nez.

— N'exagère pas ! répond Marguerite, qui arpente la chambre en corsage et vertugadin, tu as le nez fin, une bouche fort jolie, des jambes que tu montres avec fierté et des mains italiennes qui bougent élégamment autour de toi.

— Oui, mais aussi des yeux globuleux et un teint bien terne. Rien qui puisse rivaliser avec la somptueuse carnation de Madame la Sénéchale.

Tout à leur discussion, les deux jeunes femmes n'ont pas entendu entrer la reine Marguerite de Navarre, la sœur du roi François, venue prendre des nouvelles de ses protégées.

— Ma chérie, ne te tourmente pas ainsi, dit-elle en arrangeant délicatement une boucle sous la coiffure de Catherine. Tu fais tout ce que tu peux et tu le fais très bien. Hélas, j'ai bien peur que le lien entre Henri et la Sénéchale ne se défasse jamais. Il l'aime depuis qu'il est petit garçon et c'est peut-être grâce à elle qu'il est encore vivant. T'a-t-on jamais raconté cette histoire ? Henri n'avait que six ans lorsqu'il a été envoyé en Espagne avec son frère pour remplacer leur père prisonnier. Au moment de franchir la frontière où nous les avions accompagnés, il pleurait, pauvre petit enfant apeuré au milieu de la foule qui attendait le retour du roi. C'est alors qu'une jeune dame l'a pris dans ses bras et l'a embrassé avec tendresse, comme l'aurait fait une mère. C'était elle, Diane de Poitiers, que nous appelons Madame la Sénéchale parce que son défunt mari fut sénéchal de Normandie. Le petit Henri a été enfermé dans les geôles espagnoles pendant presque quatre ans. Tu imagines ces quatre années vécues sans un sourire, sans un regard de femme, avec le seul souvenir de ce baiser ? Lorsqu'il est revenu, il l'a revue et il l'a reconnue. Et elle, toujours attendrie par ce garçon malheureux, s'est posée comme sa protectrice, avec l'accord de mon frère le roi, bien entendu. Tu connais la suite, Henri s'est mis à l'aimer comme un fou, d'abord de loin, sagement, puis de plus en plus près, jusqu'à en faire récemment sa maîtresse malgré les vingt ans qui les séparent.

La reine Marguerite se tait un instant, puis reprend après avoir posé la main sur l'épaule de Catherine :

— Cet amour, ma petite fille, à toi de t'en accommoder ! Henri ne te rejette pas, tu ne lui déplais pas, il vient souvent jusqu'à ta chambre. Pense à la pauvre reine Éléonore[1], que mon frère délaisse et qui fait si piètre figure à la cour. Tel n'est pas ton cas ! Tu es jeune et brillante. Un jour, c'est toi qui seras reine, pas Diane ! Et puis enfin, elle sera vieille avant toi, n'est-ce pas ?

Sur ces paroles, lancées avec une bonne humeur un peu forcée, la reine de Navarre quitte la chambre, entraînant sa jeune nièce dont elle souhaite faire arranger la coiffure par sa propre chambrière.

Catherine reste seule à méditer devant le miroir et se sent toute réconfortée. Quelle bonne amie et conseillère, quel esprit délicat que la sœur du roi François. Ah, comme la vie à la cour serait plus rude sans l'affection de ces deux Marguerite !

Peu après, Catherine, sûre d'elle dans sa robe ornée d'une délicate fraise à l'italienne, prend plaisir à descendre lentement la double spirale du bel escalier. Dans la salle du rez-de-chaussée chauffée

1. La seconde épouse de François Ier.

par d'immenses cheminées et de multiples braseros disposés çà et là, elle se sent prête à affronter la foule. Elle échange quelques mots avec Henri, complimente la grande Sénéchale sur sa robe et prend bien garde de féliciter également la duchesse d'Étampes qui déteste la belle Diane et ne supporte pas de recevoir moins d'hommages qu'elle. Puis Catherine lance un clin d'œil à Marguerite, un léger sourire de loin à la reine de Navarre. Le cœur léger, elle passe à table et y devise gaiement. Les services se succèdent, elle goûte nonchalamment les perdrix confites aux olives et aux raisins, le chevreuil en broche, le faisan aux agrumes. Le repas est un délice ; elle y brille sans contrainte. Hélas ! À la fin du repas, au moment où l'on apporte la dragée et les friandises, le connétable de Montmorency lui décoche une cinglante remarque parce qu'elle ne l'a pas encore salué. Au lieu de lui rétorquer : « Monsieur, vous n'êtes que le serviteur du roi, moi je suis sa bru ! », elle s'incline, elle s'excuse et lui s'indigne davantage :

— Madame, n'oubliez jamais que vous êtes une Médicis, une simple fille de banquiers. Et c'est grâce à la bonté du roi François que la cour tolère cette mésalliance. Vous voici devenue notre dauphine, Dieu l'a voulu ainsi, mais souvenez-vous qu'une future reine doit donner des fils à son royaume et que la France n'a que faire d'une dauphine au ventre stérile.

À ces mots, Catherine s'est mordu les lèvres jusqu'au sang, elle a empêché ses belles mains fines de souffleter le visage de l'arrogant. On ne gifle pas le chef des armées royales, le bras droit du roi François, l'ami de Diane et donc d'Henri. Non, la petite Médicis au ventre désespérément plat ne fait rien de tout cela. D'un pas chancelant, elle se glisse dans le retrait d'un paravent. Les deux mains sur la poitrine, elle essaie de reprendre son souffle et, de toutes ses forces, elle pense à la prédiction de Lorenzo et Cosimo Ruggieri, ses chers astrologues qui lui répètent depuis son mariage : « Vous serez reine et vos fils seront rois à leur tour. »

Puisse le ciel les entendre ! Reine, elle le sera lorsque Henri montera sur le trône à la mort de son père. À moins qu'il la répudie pour cause de stérilité ? Les méchantes langues de la cour font peser cette menace, car les enfants, il est vrai, tardent à venir, après six années de mariage.

« Vous serez reine et vos fils seront rois à leur tour. »

Désespérément, elle s'accroche à cette prédiction. Dans un an, dans deux au plus tard, elle aura un fils, elle le jure. En attendant, ne rien montrer de son tourment, être aimante, patiente et continuer de sourire.

Après avoir essuyé ses yeux devant le miroir, elle quitte le réconfort du paravent pour se noyer à nouveau dans la foule bruissante de cette fin de banquet.

7. La jeune fille et le poète

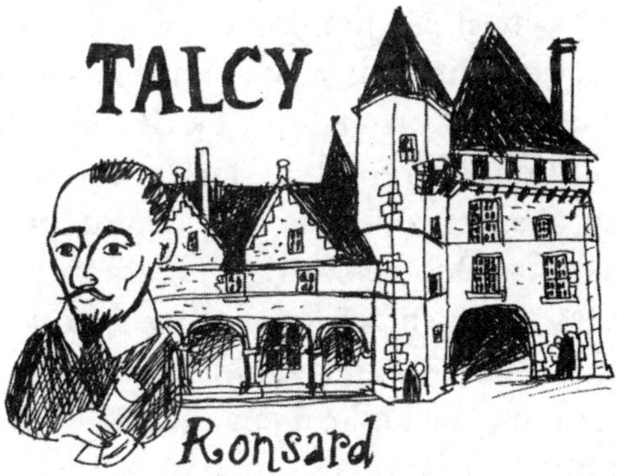

Château de Talcy, printemps 1545.

— Viens, sortons. J'ai mille choses à te dire.

Cassandre Salviati a entraîné son amie Catherine loin des dames qui grignotent de la dragée en commentant les derniers événements de la cour. Le potin du jour est que le roi François s'est emporté contre la grande Sénéchale, la tendre amie de son fils Henri, et qu'il l'a même renvoyée pour quelque temps ! Dans la haute salle du château de Talcy, les dames s'esclaffent et lèvent leur verre pour réclamer encore un peu du délicieux vin sucré que le père de Cassandre fait venir de Chypre par ses facteurs italiens. La jeune fille n'a que faire de ces gourmandises, de ces commérages. Ce qui se passe dans son cœur occupe toute son attention et le monde autour d'elle a cessé d'exister depuis le 21 avril. Ce jour-là, le roi a donné un bal au château de Blois, et il y avait dans l'assistance un certain Pierre de Ronsard qui l'a dévorée des yeux pendant toute la soirée. Ils se sont parlé un peu, ils ont dansé aussi, mais c'est son regard qui a marqué Cassandre. Des yeux ardents, amoureux... Elle les a revus depuis, ainsi que le beau front bombé, les cheveux châtains, les mains nerveuses qui se sont posées sur sa taille. Leur souvenir éveille en elle d'étranges émotions. Cependant, Cassandre se retient d'entamer la moindre confidence. Il suffirait qu'un serviteur surprenne un mot, le rapporte à sa mère, et le drame éclaterait aussitôt. Grand Dieu, mieux vaut éviter pareil cataclysme ! Car Madame Salviati, épouse du célèbre banquier italien et cousine de Catherine de Médicis, n'est pas du genre à badiner avec l'honneur de sa fille aînée.

Une fois dans la cour, loin des bavardages et des oreilles indiscrètes, Cassandre pousse un soupir de soulagement. Elle s'arrête auprès du puits pour contempler un instant la jolie galerie du rez-de-chaussée qui ressemble comme une petite sœur à celle du château de Blois. C'est ici, à Talcy, que Cassandre se sent chez elle. Son père possède pourtant à Blois un luxueux hôtel où la famille Salviati passe généralement l'hiver, mais cette « maison des champs » a sa préférence. Tant que ce vieux château, agrandi et rénové par son père, la protégera de ses ailes, rien de grave ne pourra lui arriver.

Les deux jeunes filles ont longé la deuxième façade pour s'échapper vers le jardin et l'immense verger qui s'étend derrière la cour. À l'ombre du colombier, elles peuvent s'asseoir enfin, personne ne viendra les déranger. Cassandre sourit : le roucoulement des pigeons qui s'ébattent dans les hauteurs s'harmonise si bien avec son cœur.

— Alors ? demande Catherine.

— Eh bien, monsieur de Ronsard vient me rendre visite tous les jours.

— Je t'avais dit que tu lui avais fait grand effet ! Ta mère le sait ?

— Parfois oui, parfois non, il passe par les bois de Marchenoir. Je le rencontre sur les sentiers. Il me saisit les mains et me chante des vers. Tu te rends compte, il est poète !

— Poète ! La belle affaire ! Ah, vous, les gens d'Italie, ça vous monte tout de suite à la tête. Moi, j'ai plutôt entendu dire qu'il maniait fort bien l'épée, qu'il était écuyer au service de Monseigneur le duc d'Orléans.

— Il n'a encore rien publié, c'est vrai, mais si tu savais la beauté de...

— Moi, je le trouve un peu fat, interrompt Catherine. À vingt et un ans, il clame qu'il lit Virgile et Pétrarque, qu'il va révolutionner la poésie en France. En attendant, il ne nous montre rien et rêve en secret d'être le poète de la cour. Rien d'extraordinaire à cela !

— Catherine, tu te trompes du tout au tout. C'est un beau gentilhomme qui a grandi près d'ici, droit et simple et tendre comme ce pays. J'aime sa manière de coller sa bouche contre mon oreille pour murmurer des vers qui lui viennent du fond de l'âme ou de je ne sais où... Quel cœur a-t-il reçu à sa naissance pour trouver des mots aussi forts ? As-tu réfléchi à cela, toi qui as l'air de tout savoir ?

Catherine de Cintré regarde Cassandre d'un air ahuri : c'est bien la première fois que son amie parle avec autant de profondeur.

— Donc tu l'aimes ? reprend-elle doucement.

— Je ne sais pas. C'est lui qui est amoureux. Moi je me sens tout émue. Il me dit des mots comme : « *Votre œil me fait un été dedans l'âme.* » Comment résister à de pareilles déclarations ?

Catherine n'a rien répondu et Cassandre s'est tue à son tour. Songeuses, chacune occupée à sonder son cœur, les deux jeunes filles ont entendu les chevaux dans la cour et les exclamations des dames quittant le château. Puis le jardin a glissé à nouveau dans le silence, brisé un peu plus tard par la cloche de l'angélus qui annonce la fin des travaux dans les champs alentour.

Le lendemain au réveil, Cassandre se demande à quel moment de la journée elle verra son poète. Viendra-t-il par les bois l'entrevoir à la dérobée ? Ou demandera-t-il audience en passant sous la voûte de la porte monumentale ? Madame Salviati ne pourrait s'y opposer. Pierre de Ronsard est un gentilhomme bien né : son père, qui possède le domaine de la Possonnière près de Vendôme, est un homme de confiance du roi François, et Pierre lui-même appartient à la maison de Monseigneur Charles, le fils cadet du roi. Mais cette visite officielle se ferait dans la grande salle, chacun assis bien droit sur sa chaise, elle engoncée dans son vertugadin et lui vêtu d'un pourpoint irréprochable... Et c'est dehors, sous la brise qui ploie ce matin les grands arbres, que Cassandre a envie de rencontrer Pierre. Parce que cette nature est la sienne, parce qu'il s'inspire des roses, des « chênes ombrageux », des fontaines et des petits ruisseaux pour faire naître ses poèmes.

Après le déjeuner, elle est allée au-devant de lui, simplement vêtue d'une robe champêtre point trop serrée à la taille, qui lui permet de se baisser aisément pour cueillir les premières fougères et les clochettes de muguet. Son cœur ne s'est pas trompé. Voici qu'il l'attend, entre le verger et le bois, là où la nature domestiquée cherche à redevenir sauvage. Très vite, il l'a prise dans ses bras, il a chuchoté des mots tendres, des mots vertigineux, et elle s'est laissée aller contre lui. Ils ont marché vers les eaux mystérieuses du marais puis se sont assis dans l'ombre secrète, sous le pommier le plus fleuri. C'est à cet endroit que le jardinier les a découverts, enlacés et rêveurs. Après un dernier baiser, Pierre a disparu au plus vite et Cassandre, malgré l'eau fraîche puisée dans la cour, a les joues encore enfiévrées lorsqu'elle regagne sa chambre le plus discrètement possible.

Le soir même, elle est convoquée dans le cabinet de son père. Sa mère y est présente également, et son visage sévère n'augure rien de bon.

— Cassandre, j'apprends que vous vous laissez honteusement courtiser par monsieur Pierre de Ronsard.

— Honteusement n'est pas le mot juste, mon père. Monsieur de Ronsard est un gentilhomme qui ne dépare pas votre maison.

— Si donc, ma fille, reprend Bernard Salviati d'une voix plus dure, car vous ignorez sans doute que ce gentilhomme a choisi la carrière ecclésiastique : il est clerc, destiné à être prêtre, et touche déjà les revenus d'un prieuré.

Cassandre entend les mots « prêtre », « prieuré » cogner derrière ses tempes. Elle regarde son père sans comprendre. Pierre, le poète aux yeux clairs, l'aurait donc trompée... Il n'a pas l'intention de l'épouser... Il s'amuse, en quelque sorte... Elle se tourne vers sa mère qui confirme d'un grave hochement de la tête.

— Rien n'est donc possible entre vous, poursuit le banquier en fixant impitoyablement sa fille. Vous allez lui signifier sur-le-champ que sa présence dans les environs n'est plus souhaitée. La porte de cette maison lui est désormais fermée.

Ce disant, il désigne à Cassandre une lettre rédigée posée sur l'écritoire. Elle n'a plus qu'à signer ; il tend la plume trempée d'encre. Et Cassandre, écrasée par l'affreuse nouvelle, le cœur débordant d'amertume, appose sa signature au bas de la feuille.

La semaine suivante, Catherine lui vient en aide en apportant secrètement une lettre de Pierre. Avec des mots déchirants où se mêlent des bribes de poèmes, il explique son parcours de fils cadet qui n'héritera d'aucune fortune puisque le domaine de la Possonnière est réservé à son frère aîné. Restait alors la carrière militaire, dans laquelle il s'est engagé brillamment, mais une maladie sournoise l'a rendu à demi sourd à l'âge de seize ans. Devenu inutile dans le fracas des champs de bataille, il a accepté à contrecœur de devenir clerc. Ce nouvel état, qui l'attache à l'Église sans l'obliger pour autant à se faire prêtre, lui offre des revenus lui permettant de se consacrer à l'écriture. Sans ce soutien, il n'a rien...

En lisant ces lignes, Cassandre comprend qu'il ne renoncera pas à ses bénéfices pour l'amour d'elle. Jamais il ne la demandera en mariage. Monsieur le poète connaît mieux les mots que le courage...

— Et toi Cassandre, te sens-tu capable de tout quitter pour lui ? D'abandonner le confort de ta maison, de renoncer à la fortune pour la vie errante ou cachée que vous pourriez avoir ensemble ? demande Catherine d'une voix très grave.

Cassandre a relevé la tête et regarde son amie avec effarement. Quitter Talcy, ses parents, ses amis, les bals à la cour... Non, elle ne le pourrait pas.

Sur la lettre où les lignes se brouillent, elle lit encore :

« *Une beauté de quinze ans enfantine...* »

« *Une main douce à forcer les ennuis,*
Qui tient ma vie en ses doigts enfermée. »

Tout chavire. De la chaise où elle s'appuie, elle se laisse glisser sur le sol. À genoux, elle murmure comme une prière :

— Pardonnons-nous nos offenses, monsieur le poète. Nous ne sommes pas assez forts pour cette vie qui nous écrase.

***

Quelques mois plus tard, un froid matin de novembre, Cassandre Salviati accepte d'épouser Jean de Peigné, un riche seigneur du voisinage, maître des eaux et forêts du duc de Vendôme. Au soir de la fête, après un dernier regard vers la jolie demeure de Talcy, elle s'en va rejoindre le château de Pray où réside son mari.

***

Octobre 1548.

Le roi Henri II, qui succède à son père, vient de marier sa cousine Jeanne d'Albret, fille de la reine Marguerite de Navarre, à Antoine de Bourbon. Ce prince de sang royal étant duc de Vendôme, le couple s'installe quelques mois dans le vieux château de Montoire, sur les bords du Loir, et le duc profite de ce séjour pour organiser de nombreuses fêtes. En tant que grand officier de l'hôtel princier,

Jean de Peigné y est présent avec sa jeune épouse. De son côté, Pierre de Ronsard, en visite au manoir familial de la Possonnière, est invité à la première réception. Debout parmi les gentilshommes de la région, il voit Madame de Peigné pénétrer sous la haute voûte en compagnie de son mari. Vêtue d'une robe rouge sombre pour souligner la chevelure qu'elle teint désormais en blond, elle est parée des bijoux dignes de son rang, mais paraît si jeune, si fragile au milieu de tant de faste. Il se retient d'aller vers elle. Il lui tend son regard le plus doux, attend qu'elle lève le sien, la salue d'un battement de cils, murmure de loin des mots silencieux, ceux qu'elle aimait autrefois. Elle semble l'écouter. Il y a tant d'émoi dans ses yeux. Il l'a quittée jeune fille rieuse, la voici jeune femme triste, comme déjà lassée de la vie. Jean de Peigné, bien vite appelé par ses hautes fonctions, s'est éloigné. Pierre s'approche, elle l'attend. Les voici l'un devant l'autre. Ils ont peu de temps ; un long tête-à-tête serait mal vu. Elle sourit. Dieu, qu'elle est jolie ! Oh ma Cassandre, je ferai pour toi un poème immense, le plus beau de tous, afin que ton visage retrouve son éclat...

— Savez-vous que nous sommes voisins ? murmure-t-elle.

Il hausse les sourcils.

— Oui, outre le château de Pray, mon mari possède un joli manoir en aval de Vendôme ; c'est moi qui l'ai fait décorer et j'y habite le plus souvent.

Elle n'ajoute pas qu'il y sera le bienvenu. Qu'importe puisque tout son être le crie. Ainsi, elle lui a pardonné, comme il lui pardonne à présent ce mariage, qui ressemble pourtant à une trahison.

« *J'ai vos beautés, vos grâces et vos yeux*
Gravés en moi, les places et les lieux
Où je vous vis danser, parler et rire », murmure-t-il en se penchant vers elle. Et il ajoute tendrement :

— J'ai commencé des odes à Cassandre, que je nommerai *Amours.* Bientôt, je les offre au monde, mais chaque vers est un cadeau secret pour vous.

8. Un goûter au jardin

Amboise, 16 août 1548.

Depuis plusieurs heures, l'orage menace. Après la lourde chaleur de midi, le ciel a viré au gris puis au noir, et le vent annonçant les premiers grondements soulève à présent la poussière des allées. Vite, on a fait rentrer les petits et bien fermé portes et fenêtres. Tandis que les servantes s'affairent à allumer les lampes afin d'éloigner l'obscurité du ciel, la petite famille s'est regroupée sur le tapis moelleux, aux pieds de monsieur d'Humières. Chacun s'installe le plus confortablement possible et les visages se détendent car il fait délicieusement frais sous la voûte dans la grande salle après cette courte promenade dans la moiteur du jardin.

Jean d'Humières est le gouverneur des enfants royaux et il consacre tout son temps à cette charge prestigieuse. D'ordinaire, il n'est guère disponible l'après-midi, trop occupé à surveiller la cuisine ou la lingerie en compagnie de son épouse Françoise, à vérifier les commandes ou à rédiger les rapports quotidiens qu'exige la reine Catherine. Est-ce l'orage aujourd'hui qui l'incite à quitter son cabinet, ou bien une autre raison ? Son regard s'attarde sur les petits visages levés vers lui et il profite de cette inspection pour noter les détails à transmettre lors de son prochain courrier.

Le dauphin François, qui a eu quatre ans en janvier, ne cesse de renifler malgré les efforts de sa nourrice pour le moucher régulièrement. Le fils aîné du roi Henri II et de la reine Catherine de Médicis a le nez encombré en permanence et cette fragilité l'empêche souvent de jouer, de courir et sauter avec les autres enfants.

— Restez bien sage, François, recommande Jean d'Humières, car maître Clouet voudrait remettre un beau portrait de vous à vos parents, et si vous bougez, le dessin sera raté.

— Et moi, c'est quand qu'on me dessine ? demande Élisabeth en se levant pour s'approcher du peintre.

Sans prêter attention à l'exquise princesse de deux ans plantée devant lui, maître Clouet continue de crayonner à la hâte, applique du rose, accentue la rondeur des joues sur le portrait du dauphin, afin de calmer les inquiétudes de la reine Catherine.

— Élisabeth, venez donc vous asseoir ici, conseille Jean d'Humières qui voit déjà les autres fillettes suivre l'exemple de la petite princesse et s'éparpiller gaiement dans la salle.

Un violent éclair suivi d'un grondement lointain achève de perturber l'assistance ; les plus jeunes courent se réfugier dans les jupes de leur nourrice ou de leur gouvernante et il faut attendre un long moment avant que le calme soit rétabli.

Jean d'Humières peut enfin poursuivre :

— Si vous restez gentiment assis, je pourrai vous annoncer la belle nouvelle que j'ai apprise hier. Écoutez bien : nous allons avoir de la visite !

Tandis qu'Élisabeth a déjà agrippé un joli cheval garni de grelots, détenu jusqu'alors par sa petite voisine, la plupart des autres enfants ont levé la tête. François, la bouche ouverte pour mieux respirer, attend la suite avec curiosité, et Diane, du haut de ses dix ans, s'est redressée pour répéter :

— Une visite ?

Si le gouverneur prend la peine d'annoncer solennellement la nouvelle, c'est que le visiteur est un très haut personnage, car les enfants royaux ne manquent pas de distractions à Amboise, et leurs parents, très attentifs malgré les affaires du royaume, viennent les embrasser le plus souvent possible.

— Oui, une belle nouvelle, reprend Jean d'Humières en forçant un peu la voix pour couvrir l'approche de l'orage. Nous allons recevoir très bientôt la visite de la princesse Marie Stuart, fille du roi Jacques V d'Écosse.

Et il ajoute pour les plus grands :

— L'Écosse est un beau pays allié de la France, situé de l'autre côté de la mer, au nord de l'Angleterre, et le roi Jacques V est un ami de votre papa.

— Et sa mère ? La mère de la princesse Marie ?

C'est Diane qui vient de lancer la question.

— Sa mère est une princesse de France : Marie de Guise, de la famille des ducs de Lorraine. Le frère de cette grande dame, François de Guise, est le meilleur chef de guerre au service du roi votre père. C'est lui qui s'est battu comme un lion pour reprendre Boulogne aux Anglais et il a été blessé d'un coup de lance. Le chirurgien a dû arracher le fer de lance qui restait fiché dans sa joue. Depuis, François de Guise porte une vilaine cicatrice. Chacun l'admire et le respecte à la cour.

Ravi par ces détails héroïques, le dauphin bat des mains. Jean d'Humières profite de cette pause pour sourire à Diane, qui s'est renfrognée. Depuis ses dix ans, la fillette a quitté les autres enfants pour séjourner le plus souvent à la cour, mais il sait qu'elle regrette la vie familiale d'Amboise avec ceux qu'elle nomme affectueusement ses frères et sœurs. Fille du roi Henri II et d'une jeune Italienne de Milan, elle ne connaît pas sa mère, et ce destin particulier semble peser lourd sur ses jeunes épaules. Mais que dire alors de la petite princesse Marie Stuart, se dit Jean d'Humières en pinçant les lèvres : son père le roi d'Écosse est mort alors qu'elle n'avait que six jours !

— Mes enfants, reprend-il avec grand sérieux, la princesse Marie est actuellement sur le bateau qui la mène vers la France et s'approche du port de Roscoff, où elle va bientôt débarquer. Une escorte l'y attend pour la conduire jusqu'à nous.

— Elle est toute seule ? demande Élisabeth qui a fini par s'intéresser à la conversation.

— Pas du tout, elle est accompagnée par sa gouvernante et quatre jeunes demoiselles, ses amies, qui se nomment toutes les quatre Mary. Cela ne sera pas facile quand vous jouerez ensemble mais nous trouverons bien une solution.

— Que vient-elle faire ici ? demande François.

Jean d'Humières a pris sa voix la plus enjouée pour répondre :

— Je suis heureux, François, que vous ayez vous-même posé cette question, car cette belle princesse est votre fiancée. Ce qui signifie qu'elle va s'installer ici et vivre avec nous. Un jour, lorsque vous serez roi, elle sera reine à vos côtés.

Devant l'ébahissement général, il continue :

— Les enfants, vous allez l'accueillir avec tout votre cœur, lui témoigner gentillesse et respect car elle est déjà reine d'Écosse, bien qu'elle n'ait que cinq ans et demi. Nous lui ferons visiter le château, vous lui présenterez vos nourrices, gouvernantes et précepteurs. Elle sera sans doute très heureuse d'être parmi vous car elle vient de passer son enfance dans un monastère, sur une île loin de tout.

— Et pourquoi pas dans un beau château comme nous ?

— Sa maman l'a cachée là pendant plusieurs années parce que les Anglais voulaient la prendre. Ils cherchent à conquérir l'Écosse et la petite reine aurait été pour eux un otage précieux... C'est alors que le roi Henri, votre père, est intervenu. Il a proposé d'accueillir Marie et il a envoyé un bateau la chercher. Ce fut un voyage dangereux car il fallait déjouer la surveillance des Anglais. J'espère qu'elle est près d'arriver à bon port.

François se tortille d'aise sur les genoux de sa nourrice. Cette fiancée qui lui vient de la mer lui fait l'effet d'un merveilleux cadeau et il ose à peine y croire.

— En vous épousant, Marie deviendra reine de France et vous serez roi d'Écosse, termine Jean d'Humières avant de changer de ton pour annoncer l'heure du goûter.

— Vive le roi de France et d'Écosse ! ont applaudi les enfants en se levant.

François, au lieu de suivre les autres, s'approche du gouverneur.

— Elle arrive quand, ma reinette ? demande-t-il en reniflant.

Jean d'Humières ne peut s'empêcher de sourire : reinette, c'est l'expression exacte employée par le roi Henri lorsqu'il parle de la petite princesse écossaise.

***

Amboise, 20 août 1548.

Elle est là, devant eux, assise sous la tonnelle fleurie. Comme Jean d'Humières l'avait promis, les enfants ont pu lui montrer le logis qui leur est réservé tout près du grand jardin, et puis la galerie le long de la Loire où l'on joue à la marelle quand il pleut, et aussi la chapelle Saint-Hubert où la messe est dite chaque matin. À présent qu'elle est assise, souriante au milieu des roses, les enfants n'osent plus bouger et la regardent, éperdus. Car elle est belle, la reinette ! Le dauphin François, au premier coup d'œil, est tombé amoureux de sa fiancée. Il s'est avancé pour lui prendre la main et elle s'est laissé faire, docile comme une image. Belle, blonde et grande, avec ses yeux d'ange sans effronterie, son éducation parfaite, son français impeccable, Marie Stuart fait l'admiration de tous. Autour d'elle, circulent d'élogieux commentaires qu'elle ne semble pas entendre. François de Guise, paré en effet d'une balafre à la joue, est abreuvé de compliments sur l'excellente tenue de sa nièce. Seules, quelques jalouses chuchotent que la petite, aussi mignonne soit-elle, n'a pas un sou et qu'une couturière a travaillé sans relâche sur le bateau qui la ramenait d'Écosse afin de lui fournir des robes et des jupons dignes de son arrivée en France. D'un bosquet à l'autre, les rires fusent, les conversations enjouées se rejoignent. Des musiciens rassemblés autour de la fontaine grattent doucement la lyre et le luth. Les groupes se dispersent dans les allées, vont et viennent entre le jardin et la grande salle du logis royal où est présentée une somptueuse collation : des fruits frais au sirop de sucre, des nougats et du massepain, toutes sortes de petites croustades, de friandises et confiseries, sans oublier les tourtes de melon dont raffolent les enfants et les raviolis de sucre qui sont le péché mignon de la reine Catherine. Les gourmands se pressent autour de la table, réclament du jus d'orange ou du lait d'amandes. C'est une belle réception qui a lieu en ce jour au château d'Amboise. Car le roi et la reine, désireux d'accueillir au mieux Marie Stuart, ont choisi cette occasion pour la présenter à toute la cour. La reine Catherine ne délaisse pas pour autant ses enfants : après avoir embrassé François et Élisabeth, elle a longuement cajolé sa dernière-née, la petite Claude, qui n'a pas encore un an. Puis elle a tenu à inspecter leurs appartements, en compagnie de Jean d'Humières qui s'efforce de répondre calmement à ses innombrables questions. Inquiétée par les épidémies de peste et de variole, causes de tant de morts chez les tout-petits, la reine Catherine insiste pour que l'air soit régulièrement purifié.

— Du thym, de la lavande, du genévrier, de l'aloès que vous ferez brûler dans les cheminées à la moindre alerte... énonce savamment Michel de Nostre-Dame, le médecin et astrologue de la reine que celle-ci réclame auprès d'elle à tout instant.

En bas, dans le jardin, les enfants ont formé une ronde autour d'un carré de sauge et de romarin, entraînant Marie Stuart et ses quatre compagnes venues d'Écosse. Tandis que Marie sautille avec grâce, le petit François suit maladroitement le mouvement sans lâcher la main de sa fiancée.

Depuis les fenêtres du logis réservé aux enfants royaux, la reine attendrie sourit au charmant spectacle. Au hasard des groupes dispersés dans les allées, elle reconnaît la chevelure rousse de Jeanne d'Albret[1], la robe claire de sa chère belle-sœur Marguerite et surtout l'éblouissante tenue blanche et noire de Madame la Sénéchale. Mais voilà qui est étonnant : au lieu d'être tout à côté d'elle comme à l'accoutumée, Henri s'est écarté pour rejoindre un autre groupe où l'on distingue quelques chatoyants costumes écossais.

Les enfants royaux connaissent fort bien Madame la Sénéchale, qui vient toujours leur rendre visite en même temps que leurs parents. Elle leur apporte des présents, s'intéresse à leur santé et sermonne parfois leur nourrice. Elle est aussi très amie avec leur gouverneur. Ce n'est pas un hasard, chacun d'eux le sait, si la petite Diane porte le même prénom que la grande belle dame. Comme la cour

1. Cousine d'Henri II.

ne peut garder aucun secret, les enfants ont vite appris le grand amour du roi Henri pour Madame la Sénéchale. D'ailleurs, la France entière, et même l'Europe, en sont informées. Les colporteurs le racontent de village en village, les marins en discutent sur le pont des navires, les ambassadeurs le divulguent chez eux. L'on dit aussi sur les places et les marchés, dans les boutiques et les chaumières, que la reine Catherine en souffre moins depuis qu'elle est mère, car le roi l'estime beaucoup pour les beaux enfants qu'elle lui donne.

Mais ni la France ni l'Europe ne savent encore ce que la petite Diane vient de découvrir dans le jardin d'Amboise, en quittant la ronde enfantine : si le roi s'est détourné quelques instants de son amie la grande Sénéchale, c'est pour aller saluer l'escorte écossaise de Marie Stuart. Il en est revenu troublé, à tel point qu'il s'est senti enclin à y retourner, comme s'il était attiré par un mystérieux aimant. Et pourquoi donc ? Parce que Lady Fleming, la jeune gouvernante de la reinette, est d'une beauté flamboyante.

— Bonté divine ! a murmuré le roi en lui baisant la main, faut-il que le ciel me soit clément pour déposer sur le sol de France deux anges aussi parfaits que Marie et vous !

Lady Fleming a répondu d'une jolie voix que le cadeau était pour elle car la cour de France ressemble à un paradis. Ce château, ces jardins, ces robes et ces collerettes, ce fleuve argenté sous nos pieds... Et elle a ouvert les bras, comme pour embrasser le beau paysage de Loire, dégageant ainsi la splendeur de sa silhouette.

La petite Diane a bien vu s'enflammer le regard du roi son père, et sa main se crisper sur l'épée d'apparat qu'il porte au côté. Tout à coup, il lui a paru très beau lui aussi, avec sa casaque ornée d'une plume blanche et ce pourpoint sombre où brillent des fils d'or. Ses yeux sont devenus tendres comme du velours et Lady Fleming, en face de lui, s'est prise à rougir, ce qui l'a rendue plus attirante encore.

— Diane, vos compagnes vous cherchent, les petites Mary voudraient vous montrer un jeu écossais, a murmuré Françoise d'Humières derrière la fillette, en lui tapotant l'épaule.

Diane s'est retournée et s'est dressée sur la pointe des pieds pour glisser à l'oreille de la gouvernante :

— Françoise, moi aussi, j'ai une nouvelle à vous apprendre : je crois que bientôt vous aurez un nouveau bébé[1] à garder.

1. Henri d'Angoulême, fils d'Henri II et de Jane Fleming, est né en 1551.

9. Vers l'autre rive

Château de Chenonceau, avril 1555.[1]

La vieille Guillemine, un chaperon de laine serré sur les épaules, arpentait les rives dévastées de la rivière, butant à chaque pas sur les débris

1. À cette date, ni le pont sur le Cher, ni la galerie qui le surmonte, n'existent encore. La galerie fut achevée sous Catherine de Médicis en 1576.

apportés par l'inondation. Le Cher avait débordé dans la nuit et les dégâts étaient considérables. Une partie du beau jardin, aménagé au cours des dernières années, avait été emportée par l'eau ; la levée de terre dressée sur la rive pour le protéger n'avait pas résisté aux assauts du courant, et Guillemine se disait qu'elle mourrait certainement avant de voir le tout remis à neuf.

Elle en pleurait, de voir son château ainsi privé de l'écrin de verdure et de fleurs que l'on venait d'achever pour lui. Non pas que Guillemine fût la maîtresse des lieux ! La vieille femme ne possédait rien d'autre qu'une petite chambre dans les communs, dont elle usait à peine, préférant le plus souvent dormir au chaud dans la cuisine, mais elle aimait le château de Chenonceau plus que tout et tirait gloire de le connaître mieux que quiconque.

— Moi j'étais déjà là du temps de Dame Briçonnet, bien avant la grande Sénéchale et tout le tralala, disait-elle au premier qui voulait bien tendre l'oreille. On l'appelait Dame Catherine, poursuivait-elle aussitôt. C'est elle qui l'a construit, si beau, si blanc, si transparent... Voyez donc !

Certains auditeurs, vite lassés, continuaient leur chemin, mais les nouveaux venus, les jardiniers ou les terrassiers qui travaillaient aux parterres de la duchesse, la laissaient dire. C'est à la pause de midi qu'elle tenait ses plus longs discours, s'adressant particulièrement à Roland, un jeune maçon de Montrichard, qui se montrait plus curieux que les autres.

— Regarde, petit, on dirait un navire à l'ancre. De toutes les fenêtres, tu vois couler la rivière. C'est encore mieux dans la cuisine, où tu as le nez au ras de l'eau.

Elle se tournait vers le château avec un large sourire dégageant les deux seules dents qui lui restaient. Et lui suivait son regard afin de mieux sentir ce qu'elle disait. Elle avait raison, le château ressemblait à un bateau immobile. Cependant, Roland aurait aimé voir le vaisseau se détacher du bord pour traverser la rivière, tendre une aile vers l'autre rive comme un grand cygne blanc. Oui, poursuivre la construction sur l'eau. Voilà qui ferait vraiment de lui un château de rêve.

— Dame Catherine avait acheté le domaine alors que le roi François n'était pas encore roi, reprenait Guillemine. C'est bien simple : le roi François et moi, nous étions nés la même année. Lorsqu'il est parti guerroyer à Marignan, moi j'étais déjà au service de Dame Catherine.

On lui pardonnait ses radotages parce qu'elle était vieille et plus encore parce qu'elle cuisait le meilleur pain du monde. Le personnel du château, les ouvriers du jardin le clamaient partout et elle était fière de les voir mordre à belles dents les croûtes dorées qu'elle-même ne pouvait plus croquer. Le jeune maçon de Montrichard en rapportait même chez lui et ce commerce secret avait créé une complicité entre eux deux.

Lorsqu'elle le vit arriver ce matin-là, accompagnant Pierre Hurlu, le maître maçon venu constater le désastre, le jeune homme n'avait pas la mine réjouie.

— Ça me fait mal au cœur ! Après toute la peine qu'on a eue !

C'était bien vrai qu'il avait largement participé aux travaux, poussant inlassablement les brouettes de terre et de gravats, portant le mortier, aidant aussi les jardiniers à décharger les deux cents pruniers et cerisiers qui venaient d'arriver par bateau, les aubépines et les noisetiers pour les cabinets de verdure de Madame la Sénéchale...

Aménager un jardin, faire jaillir l'eau d'une fontaine, dessiner des allées, domestiquer des plantes de la forêt, représentait un effort de plusieurs années. En une nuit, la rivière sauvage avait reconquis ce bout de terre que les hommes essayaient de lui arracher.

Roland observa l'eau grise qui dévalait vers l'ouest.

— Moi, je dis qu'il faut la forcer à se calmer, l'endiguer, creuser le lit, dresser un pont pour briser le courant !

Maître Hurlu ôta son bonnet et se gratta le front.

— Un pont, la duchesse y a déjà pensé. Mais ça coûte cher. Aujourd'hui, le plus urgent, c'est de lui annoncer la catastrophe.

La vieille Guillemine avança le menton.

— André, le régisseur, a envoyé un courrier. Tout ce que nous allons gagner, c'est une bonne réprimande sur la qualité de l'ouvrage. La Sénéchale est une grande dame pour choisir les robes et les parterres de fleurs. Quand il s'agit de lâcher ses deniers, elle a moins fière allure.

— Le roi Henri lui en donnera d'autres. Elle obtient de lui tout ce qu'elle veut.

— Il paraît qu'elle porte même les bijoux de la reine !

— Gâtée à ce point, ça lui pourrit le cœur.

Ils se turent, pleins de rancœur, car la patronne était dure en affaires. En juillet 1547, trois mois après la mort du roi François, le roi Henri avait donné Chenonceau à la grande Sénéchale et, dès sa première visite, celle-ci s'était empressée de diminuer les gages du régisseur. Pendant plusieurs heures, elle avait vérifié les comptes, les taxes, les redevances. Elle ne laissait rien au hasard. Il fallait que le domaine lui rapporte davantage et, en outre, que le château soit le plus beau du Val de Loire, le reflet magnifique de sa propre splendeur. Pendant qu'elle inspectait sa nouvelle propriété au bras du roi, la reine Catherine, entourée de ses suivantes, cachait mal son dépit. Elle semblait attachée à ce lieu de verdure et d'eau qui venait s'ajouter à tous les trésors de sa rivale... Puis la cour était repartie et les gens de Chenonceau avaient échangé leurs impressions : personne n'avait apprécié la froide arrogance de la nouvelle maîtresse, Guillemine encore moins que les autres.

Pourtant, dès que la crue eut cessé, des équipes se relayèrent pour déblayer, sans attendre les ordres. Puis le curé du village apporta la nouvelle que les travaux pouvaient recommencer ; ayant reçu des consignes, il ferait le lien entre le chantier et la cour. Le ballet des tombereaux et des brouettes reprit, et Roland mit à nouveau tout son cœur à l'ouvrage. Grâce aux calculs du maître maçon, ils bâtirent une levée plus haute et plus solide. Les ouvriers logeaient dans les communs du château et Guillemine en sueur enfournait le pain pour tous. Tant pis pour la fatigue ! Ils étaient comme une grande famille, réunie pour embellir le château. Guillemine était satisfaite, Roland aussi.

Au début du printemps 1556, le jardin presque achevé s'annonçait encore plus somptueux qu'auparavant. Des équipes furent envoyées dans les bois arracher des plants de fraisiers et de violettes afin d'agrémenter les bordures. Roland, désœuvré, faillit les accompagner. Par chance, il se ravisa.

Le maître maçon arriva peu après, accompagné d'un personnage auquel il s'adressait avec beaucoup de respect. C'était le sieur Philibert Delorme, l'architecte du roi et donc l'architecte personnel de la grande Sénéchale, pour laquelle il venait d'achever le château d'Anet, sur les bords de l'Eure. Roland regarda d'abord le nouveau venu avec méfiance. Puis il changea d'avis lorsqu'il fut appelé auprès des deux hommes qui s'apprêtaient à monter dans une barque. Ceux-ci voulaient s'assurer que la roche, au fond de la rivière, était assez solide pour supporter un pont. Roland jubilait en prenant les rames. Un pont ! Enfin ! La Sénéchale avait donc obtenu de nouveaux subsides. Avec des piques, ils sondèrent le lit du Cher et trouvèrent les emplacements nécessaires aux quatre piles. Ne craignant ni l'eau ni le froid, Philibert Delorme prenait tout son temps, ajustant ses appareils de mesure et notant les repères avec précision. Roland ne le quittait pas des yeux : il sentait bien que cet homme, maître de l'architecture à travers le royaume de France, avait compris au premier coup d'œil la beauté de Chenonceau.

De retour à terre, ils furent conduits vers la salle attenant à la cuisine, où Guillemine avait préparé une simple collation.

— Il faut maintenir la transparence de cette maison, laisser partout le regard jouer avec l'eau, affirmait l'architecte pendant qu'elle servait la brioche cuite à point.

La vieille femme adressa un petit signe à Roland et se garda d'ouvrir la bouche, ce qui tenait du miracle. Silencieuse derrière eux, elle entrevit les premiers plans dressés à la hâte, le tracé des piles et des arches, l'axe du pont légèrement décalé vers l'ouest.

— Une immense terrasse sur l'eau, en attendant une salle ou une galerie, conclut le sieur Delorme en repliant sa mine d'argent.

Guillemine en savait assez ; elle disparut dans la cuisine et se mit à pétrir joyeusement le pain du lendemain en priant Dieu de lui prêter vie jusqu'à l'achèvement de la « terrasse royale », comme elle la nommait en son cœur.

***

Le nouveau chantier s'ouvrit quelques mois plus tard. Roland, qui n'avait jamais participé à la construction d'un pont, trouvait l'aventure palpitante. Avec l'autorisation du roi, ils firent abattre les plus grands arbres de la forêt de Montrichard et les charpentiers fabriquèrent des batardeaux afin de mettre au sec les endroits de rocher qui devaient supporter les piles. Ils firent livrer 700 pipes[1] de ciment et 200 de chaux. Cette fois, la duchesse ne lésinait pas : elle payait les charrois de pierre, de terre, les repas, les outils... Elle était impatiente et le faisait savoir. Tout en maniant la truelle ou le marteau, les ouvriers s'en amusaient.

— Ne riez pas, c'est une vieille femme, elle aussi, disait Guillemine qui venait contempler le chantier plusieurs fois par jour et s'aidait à présent d'une canne. Tout le monde dit qu'elle a vingt ans de plus que le roi ; ça lui fait tout juste soixante ans !

Pendant l'été 1557, le chantier fut ralenti et attristé par la mort de maître Hurlu, puis reprit sous la conduite d'un maître maçon de Blois. Les cintres de bois étaient posés, prêts à recevoir les pierres et le mortier des arches. Les choses avançaient avec justesse et lenteur comme il se doit pour éviter les maladresses, mais la duchesse se faisait de plus en plus pressante. En janvier 1559, ce fut un entrepreneur de Loches qui prit la direction des travaux...

Enfin, le 1er juillet, l'on fit fête. Le pont, achevé quelques jours plus tôt, fut béni par le curé, et le régisseur envoya à la grande Sénéchale une missive annonçant la bonne nouvelle.

1. Ancienne mesure valant environ 400 litres.

Guillemine avait supplié d'être la première à franchir la rivière ; cet honneur lui fut accordé, puisqu'elle était la doyenne du château. Au moment de s'engager au-dessus des arches, elle eut un vertige malgré la solidité de l'ouvrage, et ce fut Roland qui la souleva dans ses bras, suivi par un cortège rieur portant des corbeilles de pains et de victuailles. Il était décidé que la fête se déroulerait sur l'autre berge, que l'on avait eu tant de peine à conquérir.

Les charpentiers percèrent une futaille de vin et l'odeur des cochons de lait grillés mettait l'eau à la bouche. L'on attendait plus que le régisseur, qui tardait à rejoindre la fête. Il finit par apparaître, le visage bouleversé, suivi d'un homme qui semblait exténué.

— Vous savez ce que j'apprends ? Le roi se meurt !

Aussitôt l'assistance atterrée se regroupa autour de lui.

— Voici un courrier qui arrive de Tours : notre roi Henri[1] s'est mortellement blessé lors d'une joute. La lance de son adversaire s'est brisée et une pointe de bois lui a percé l'œil jusqu'au cerveau, malgré la visière rabattue.

L'assemblée poussa des cris d'horreur. Puis un lourd silence s'installa.

1. Henri II, blessé le 30 juin, mourut le 10 juillet 1559.

Au bout d'un long moment, quelqu'un toussota avant de prendre la parole :

— Alors, la duchesse ne viendra pas ?

— Sûr que non. Si le roi meurt, elle n'est plus rien.

Certains n'en étaient pas mécontents. Mais la mort du roi était une chose très grave. Son fils aîné, le dauphin François, semblait incapable de régner.

— Celle qui viendra, ce sera Madame Catherine, notre reine, murmura la vieille Guillemine.

Et elle osa encore demander à Dieu quelques mois de sursis, afin de voir son château devenir une vraie demeure royale.

10. Un printemps en Val de Loire

Début mars 1560.

La princesse Margot[1] a bien de la chance : son grand frère François vient de lui offrir une maison pour elle toute seule.

1. Marguerite, sixième enfant du roi Henri II et de la reine Catherine de Médicis, est née en 1553.

Non pas un toit et de jolis murs dans un parc fleuri, mais une maisonnée : une armée de serviteurs et de valets, des palefreniers, des lavandières, des cuisiniers chargés de la verdure, d'autres responsables du pain, des gardes qui ouvrent et ferment les portes, des tapissiers qui décorent les litières de velours noir… Car l'on met du noir partout depuis la mort du roi Henri. La reine Catherine de Médicis assure qu'elle ne quittera jamais plus les couleurs du deuil et fait exécuter d'innombrables tenues noires pour la maison royale. Elle a engagé un tailleur venu de Tours, qui inflige à ses clients d'interminables séances d'essayage. La petite Margot n'y échappe pas, bien évidemment. Ses demoiselles d'honneur sont confrontées aux mêmes tortures et piqûres d'épingle, mais les enfants sont récompensés de leur patience par un bon goûter.

À l'âge de sept ans, Margot dispose d'une centaine de personnes autour d'elle et elle en est très fière. Pour témoigner sa gratitude à son frère François, elle saute sur ses genoux dès qu'elle l'aperçoit dans le grand salon. Ses frères et sœurs en font autant puisqu'il les a gâtés de la même manière. François peut tout depuis qu'il est devenu roi à la mort de leur père, le 10 juillet dernier. Margot aimerait bien l'embrasser sur les deux joues, lui chatouiller le cou, chahuter un peu, mais François a toujours le nez bouché et mal aux oreilles. Il ne faut pas trop l'embêter, d'abord parce qu'il est roi, ensuite parce qu'il est malade[1] ; c'est ce que dit Madame Charlotte de Vienne, la gouvernante de la petite Margot.

D'autres personnes, dans les recoins de la cour ou derrière les tapisseries, susurrent que les rejetons de la reine Catherine sont souffreteux, qu'ils ont hérité des tares de la famille Médicis et que c'est grand dommage pour les enfants royaux de France... Pourtant, Margot se sent en très bonne forme ; elle peut avaler des quantités de sucreries sans avoir mal au ventre et supporte fort bien de rester au bal jusque tard dans la nuit, à condition que Madame de Vienne la laisse jouer avec le petit chien blanc au pelage soyeux qui l'accompagne partout.

Depuis le mois de juillet dernier, la reine Catherine avait interdit les bals à la cour endeuillée. Avec le retour du printemps, sa sévérité s'est adoucie et, si elle-même reste enveloppée de voiles sombres, les courtisans reprennent peu à peu leurs habits de fête, rutilants de perles et de galons d'or. Toute cette pompe coûte des sommes colossales. La cour de France dépense follement et emprunte plus encore pour couvrir ses dépenses. La petite Margot, habillée de neuf presque chaque jour, ignore tout

1. François II meurt le 5 décembre 1560, à l'âge de dix-sept ans, des suites de ses nombreuses otites infectieuses.

de cela. En revanche, ce qu'elle voit chaque jour au centre de toutes les cérémonies, c'est la lourde silhouette noire de sa mère, la reine Catherine. Juste à côté, se tient son frère François, accompagné de la reine Marie Stuart, si belle, si grande, si élégante et vive, comparée à ce petit mari toujours pâle et enrhumé. Marie Stuart n'aime pas beaucoup sa belle-mère, – même la petite Margot l'a deviné – et elle a dit publiquement que « la grosse banquière » devait rester sagement à sa place parce que la reine de France, désormais, c'était elle, Marie, et elle seule.

— N'est-ce pas, mon chéri ? a-t-elle ajouté en se tournant vers le roi.

François a hoché de la tête. Il lui cède tout, pourvu qu'elle lui sourie, qu'elle le laisse la câliner, qu'elle veuille bien l'accompagner à la chasse. Le problème, c'est qu'il ne contredit pas non plus sa mère, et que Marie et Catherine ne sont pas souvent d'accord.

À côté de Marie Stuart, dans les cérémonies et les cortèges auxquels participe la petite Margot, on remarque aussi deux hommes blonds, magnifiques, le regard clair et arrogant, de larges épaules parfaitement soulignées par le somptueux velours du pourpoint. Ce sont les oncles de la jeune reine : le grand chef militaire François de Guise et son frère, le cardinal Charles de Lorraine, qui porte plus volontiers l'épée que la robe pourpre des hauts dignitaires de l'Église. Les deux inséparables ne cessent de chuchoter des conseils à leur nièce ; celle-ci les transmet au roi François, qui s'empresse d'obéir. Bref, les frères de Guise font la pluie et le beau temps à la cour de France. Autant dire que ce sont eux qui gouvernent, et cela n'est pas du goût de tout le monde, loin s'en faut.

En février 1560, la cour était établie pour quelques semaines au château de Blois lorsque les Guise ont décidé brusquement de la transférer à Amboise. Ni Margot ni ses demoiselles d'honneur n'ont su pourquoi il fallait ranger les jouets et les robes avec tant de précipitation, enfermer les animaux de compagnie, transporter les oiseaux dans leurs volières ; les serviteurs ont rapidement démonté les lits et rempli les coffres à la hâte, pour remettre tout en place à Amboise dès le lendemain. Dans ce remue-ménage, Margot a perdu un joli peigne en écaille de tortue, offert par l'ambassadeur d'Espagne, ainsi qu'un chaton de deux mois qu'elle venait d'adopter. Elle a fini par retrouver le peigne, mais pas le chaton. Elle a pleuré un peu puis s'est résignée. Margot a l'habitude des déménagements.

Pendant ces quelques jours mouvementés, on n'a guère vu le duc François de Guise. Il paraît qu'il était à la chasse, dans les forêts au nord de la Loire, entre Montoire et Marchenoir, et qu'il y cherchait un gibier particulier. Ceux qui en savent davantage se taisent, le regard inquiet, et Margot se demande quel peut être le méchant animal qui oblige le duc de Guise à se déplacer en personne.

La cour à peine installée à Amboise, les fêtes ont repris. Ainsi en a décidé la reine Catherine, qui veut égayer les esprits, et propose une parade costumée dans le jardin du château. L'air est encore frais en ce mois de mars, mais le temps est clair et rien ne s'oppose à des jeux d'extérieur. D'autant que les princes ne manquent pas d'imagination ! Le premier qui apparaît au bout de l'allée arbore une ample robe de bohémienne et porte sur l'épaule un petit singe affolé, qui finira sans tarder dans les bras de Margot. Qui est-il ? On chuchote, on hésite, on s'interpelle ; les paris sont ouverts... Un second caracole en tenue de bourgeoise, un troisième en déesse grecque. Les applaudissements éclatent, les buffets sont pris d'assaut, les enfants courent après le singe, qui s'est échappé... Les fêtes de la reine Catherine sont toujours très réussies.

Pourtant, lorsque vient la nuit et que tombent les masques, personne ne peut plus ignorer la peur inscrite dans les regards. À mesure que l'heure avance, le malaise grandit tant et tant qu'il dégénère en panique. Dans l'affolement, les langues se délient : le roi est menacé et si l'on s'est réfugié à Amboise, c'est que le château, perché sur une hauteur, est plus facile à défendre. Le duc de Guise distribue des armes à tous les hommes, y compris les cuisiniers et les serviteurs. Le petit roi terrorisé s'est enfermé dans ses appartements avec sa mère et sa femme. Toutes les issues sont surveillées, toutes les personnes de la famille royale ont droit à une protection renforcée. C'est ainsi que Margot s'endort ce soir-là, un garde armé veillant au pied de son lit.

Mais qui attaque ?

Les huguenots, autrement dit les protestants, ceux qui, à la suite de Luther, se sont séparés de l'Église catholique. En France, ils sont réprimés, pourchassés, brûlés vifs comme des hérétiques. Ils sont pourtant de plus en plus nombreux et réclament un édit de tolérance pour pratiquer leur religion en paix. La présence des Guise, catholiques intolérants, auprès du jeune roi, leur fait horreur. Afin de « délivrer » le souverain, ils ont rassemblé une armée secrète. Par petits groupes, ils ont gagné les forêts qui bordent la Loire. À leur tête, marche un gentilhomme venu du Périgord, le seigneur de La Renaudie. Au-dessus de lui, le complot est mené par une poignée de grands princes vivant à la cour : le prince de Condé et les Bourbons, membres à la famille royale. Dans les bals, tandis que l'on danse et que l'on trinque, des regards de haine s'échangent entre catholiques et protestants, on écrase des orteils, des mains nerveuses frôlent la garde des épées... La guerre civile n'est pas loin

À Amboise, la cour assiégée tremble. Mais l'assaut final ne viendra pas. La Renaudie a livré son secret à un ami sûr, qui s'est empressé de le divulguer. Le camp adverse a réagi à temps. Des patrouilles envoyées par les Guise fouillent sans merci les forêts alentour, en ramènent des suspects, des rebelles, aussitôt jetés en prison. Une attaque est repoussée dans les faubourgs d'Amboise. Le 18 mars, La Renaudie se fait prendre au cours d'une battue. Son corps, pendu sur la grand-place, est ensuite coupé en morceaux et dispersé aux portes de la ville. Les geôles du château débordent. La haine et la colère montent, la soif de vengeance est à son comble. La tuerie peut commencer. Elle est orchestrée par les Guise qui y convient la cour. Après une parodie de jugement, les condamnés sont immédiatement exécutés. Certains sont jetés à la Loire, enfermés dans un sac, d'autres sont décapités à la hache sur les échafauds dressés au pied du château. François de Guise fait volontiers exécuter après dîner[1], afin de divertir les dames. Des grappes de spectateurs venus de la ville et des environs s'accrochent aux grilles, escaladent les murs pour ne rien manquer du spectacle. Les têtes tombent l'une après l'autre

1. C'est le repas de midi à cette époque.

sur l'estrade éclaboussée de sang. Au premier rang de l'assistance, la jeune reine Marie Stuart défaille devant tant d'horreur ; assise derrière elle, la reine Catherine ne blêmit pas sous son voile.

Et où se cache la princesse Margot ?

En promenade aux écuries, où elle est allée saluer ses chevaux, elle a découvert un bébé chat criant famine. Madame de Vienne s'est empressée de rapporter l'affamé dans les appartements de la petite princesse et les jours suivants ont été consacrés à l'installation de ce nouveau compagnon que l'on a sauvé à temps d'une mort certaine.

À la fin du mois de mars, les cachots étant vides, la hache du bourreau a cessé sa danse macabre. Une pluie bienfaisante et tenace s'est abattue sur la ville, nettoyant le fleuve, le jardin, les places et les rues. À l'intérieur du château, les esprits se détendent. Le jeune François respire mieux et songe à reprendre ses chasses quotidiennes. Les Guise paradent à ses côtés, plus arrogants que jamais.

Le dimanche 31 mars, la cour rassurée, apaisée, prend la route de Chenonceau où la reine Catherine a fait préparer une entrée triomphale. Feux d'artifice, cortèges flamboyants, salves d'honneur tirées des quatre coins du jardin, arcs et colonnades ornés de feuillages, fontaines de vin, guirlandes de fleurs... Rien n'est trop beau pour effacer le crime de lèse-majesté dont vient de souffrir le roi, son fils. Le jeune couple royal est accueilli dans ce château enchanteur avec un luxe inégalé, et Catherine, heureuse d'y être enfin chez elle, songe sans doute à la galerie, appuyée sur le nouveau pont, qui relierait merveilleusement les deux rives du Cher[1]. Dans le cœur de la reine mère, le bonheur de savourer la magie du paysage, la clarté de ces salles ouvertes sur l'eau, s'allient à l'intense satisfaction d'avoir délogé sa rivale.

Après la mort du roi Henri, la grande Sénéchale a disparu de la cour ; même les Guise, qui sont ses amis, lui ont fait comprendre qu'il valait mieux choisir une retraite discrète. Chacun s'est alors interrogé sur la vengeance que la reine Catherine réservait à celle qui lui avait volé son cher Henri pendant plus de vingt ans. Quel serait le prix de ces années de silence et d'humiliation ? Catherine a simplement exigé Chenonceau et, magnanime, elle a offert en échange le château de Chaumont. La transaction a eu lieu pendant l'hiver. Diane de Poitiers, la rage au cœur, n'a pu refuser ; elle aurait perdu davantage en se montrant entêtée. Si la Sénéchale ne connaît pas encore Chaumont, Catherine, elle, a déjà séjourné dans la grandiose demeure construite au début du siècle. Tout y est magnifique et un peu austère... C'est Chenonceau

1. Cette galerie sera achevée en 1576 (voir chapitre précédent).

qu'elle aime et, à cet amour-là, Diane ne touchera jamais plus.

Début avril, la cour a quitté la vallée du Cher. Au même moment, le printemps a éclaté en Touraine. La Loire, encore gonflée par les eaux de l'hiver, s'étale sur ses rives verdoyantes où la vie foisonne, et les châteaux posés le long de son cours semblent être nés hier, en même temps que le renouveau. Celui de Chaumont s'apprête à recevoir la visite de sa nouvelle propriétaire, prévue pour la fin du mois. Au jour dit, le capitaine du château, aidé de son épouse, a fait préparer une élégante collation pour recevoir dignement la grande et belle dame qui fut si longtemps la maîtresse du roi. Les heures ont passé, personne n'est venu.

À la fin de la journée, au moment de débarrasser les fruits défraîchis et les gâteaux poisseux de sucre, un certain sieur Canette s'est présenté. On l'a accueilli avec courtoisie, avec empressement même, mais c'est Madame la duchesse que chacun voulait voir. Pensez donc ! C'eût été tant d'honneur ! Le capitaine se réjouissait déjà de lui faire visiter ce château qu'il aime, de lui montrer le donjon des ducs d'Amboise, les salles splendides dominant la Loire...

Non, le sieur Canette est formel : Madame n'est pas disposée à séjourner à Chaumont, ne serait-ce que quelques heures. Elle l'a chargé d'en prendre possession en son nom.

Le capitaine a présenté les clés, les documents, les registres. Le secrétaire de Madame a tout emporté. Il a dit qu'il reviendrait.

Après avoir raccompagné le visiteur jusqu'à l'entrée encadrée de deux puissantes tours, le capitaine s'est retrouvé les bras ballants, tout désappointé.

Il a pris la main de son épouse et tous deux ont parcouru les hautes salles vides.

— Elle ne viendra jamais, a-t-il soupiré.

— Tant mieux, a-t-elle répondu.

Il l'a regardée, surpris.

— Oui, tant mieux. À quoi bon posséder, si on n'aime pas ?

Il lui a serré la main un peu plus fort et ils se sont tus pour admirer à leurs pieds le courant argenté du fleuve qui glisse sur le sable blond de la rive avant de poursuivre sa course inlassable vers la mer.

11. Meurtre chez le roi

Blois, décembre 1588.

Le froid s'était installé plus tôt que d'habitude. Dès le début de décembre, il avait fallu gratter la neige sur le pavé des rues et, les jours de marché, les paysans venus des alentours se plaignaient de l'état des routes. Le prix du bois avait doublé en quelques mois. La misère régnait partout. Le roi, de son côté, avait dépensé pendant l'année près de dix millions d'écus pour le faste de sa cour. Afin de vivre dans la plume, l'or et la dentelle, il taxait les gens, les bêtes, les terres, les feux... jusqu'aux clochers des villages. Les Français étaient écrasés d'impôts, les bébés mouraient de froid, la colère couvait sous la cendre.

C'est ce que se disait Manon Bellechasse – que chacun à Blois appelait la belle Manon – alors qu'elle soufflait sur la braise pour raviver le feu, au matin du 18 décembre.

Dans la salle de l'auberge, il faisait bon. Manon tenait à ce confort de riche. Elle avait plaisir à voir ses clients se presser devant la cheminée, tendre vers la flamme leurs doigts engourdis tout en essuyant d'un revers de manche la goutte qui leur pendait au nez. Dehors, sous la lourde enseigne ornée d'une grappe de raisin dorée, elle avait fait dresser un brasero et servait du vin à la cannelle. Les passants emmitouflés poussaient des petits grognements de bien-être lorsque le breuvage chaud leur descendait dans le gosier. La belle Manon les observait en souriant. Elle aimait son métier, et sa clientèle le lui rendait bien : l'auberge dont elle était la patronne ne désemplissait pas. Depuis que le roi et la cour étaient arrivés au château, en octobre dernier, l'affluence était à son comble. Tous les soirs, Manon refusait du monde. Les chambres accueillaient deux à trois dormeurs par lit, sans compter les paillasses de fortune étendues sur le plancher pour recevoir le voyageur de la dernière heure égaré dans le froid. Jamais la ville de Blois n'avait connu pareille presse. Hormis les habitués de la cour, les fournisseurs et les artisans qui vivaient dans le sillage des princes, on voyait aussi de nombreux notables, gentilshommes et curés venus des diverses provinces de France pour la réunion des états généraux[1].

Depuis des semaines, la ville bruissait des discussions orageuses qui avaient lieu au château, dans la grande salle féodale : le roi acculé par ses financiers réclamait des subsides et les députés refusaient catégoriquement de taxer plus encore le royaume. Les séances n'en finissaient pas. Aucune décision n'était prise et l'atmosphère devenait irrespirable. Derrière les dissensions, se cachaient la haine, la suspicion, la guerre entre les protestants et les catholiques, entre le clan du duc de Guise, qui entretenait le fanatisme religieux, et le parti du roi, désireux de maintenir l'unité du royaume.

Parmi les habitués de l'entourage royal qui fréquentaient assidûment l'auberge, Manon avait

1. Assemblée de députés représentant les trois ordres du royaume – le clergé, la noblesse et le tiers état – convoquée par le roi de France lorsque celui-ci a besoin d'aide financière ou politique.

toujours un sourire pour Nicolas de Grimouville, capitaine des cent archers de la garde royale, entièrement dévoué au roi. Malgré ses lourdes responsabilités, l'homme restait discret, parlant plus volontiers de ses terres du Cotentin et du galop de ses chevaux sur les plages, que de la situation catastrophique de la France.

Ces jours derniers, cependant, elle l'avait vu soucieux.

— Le roi se sent cerné comme une bête qu'on prend aux filets. Guise[1] le harcèle, les députés des états ne cèdent pas d'un pouce...

Manon tisonnait le feu, apportait un pied de cochon à la moutarde avec le pichet de vin et s'asseyait en face de son hôte.

À cause de Nicolas, et à cause des écus qui s'amassaient dans son escarcelle d'aubergiste, elle n'était pas pressée de voir repartir la cour.

Ce 18 décembre, Nicolas de Grimouville arriva de bonne heure et s'assit sans prendre la peine d'ôter sa houppelande doublée de fourrure.

— Je suis inquiet, avoua-t-il pour la première fois. Hier au soir, à l'hôtel d'Alluye où réside le cardinal de Lorraine, la famille de Guise a levé son

1. Le duc François de Guise (voir histoire précédente) est le chef de la Ligue, parti ultracatholique, et chef militaire des armées catholiques contre les protestants. Pendant l'été 1588, la Ligue a pris le contrôle de Paris.

verre en l'honneur du duc François, qu'elle a osé nommer « le nouveau roi ». Le duc prétend enfermer notre souverain dans un monastère, et ils se sont tous gaussés en affirmant qu'il ferait un excellent moine.

— Comment l'avez-vous appris ? demanda Manon sans s'émouvoir.

— Un acteur italien, présent à ce dîner, est venu ce matin s'entretenir avec mon maître.

— Et alors ?

— Eh bien, vous imaginez ! Notre roi Henri est dans une furie noire ! Un de ses accès de mauvaise bile que je redoute.

Manon ne répondit pas. Le bruit courait par la ville que le duc de Guise risquait gros à aiguillonner ainsi le roi. Tous ses partisans craignaient pour sa vie, mais lui se riait du danger. À Paris récemment, la foule en délire l'avait acclamé comme un dieu et deviendrait folle furieuse s'il lui arrivait malheur... Non, décidément, malgré ses accès de bile noire, le roi de France n'oserait lever la main sur le beau colosse blond que le peuple idolâtrait.

Elle se retourna. Nicolas de Grimouville la fixait du regard, cherchant à lire dans ses pensées.

— Vous voyez, dit-il d'une voix très grave. Le duc de Guise est le chef des catholiques, un excellent chef, valeureux et puissant. Notre roi Henri III est le chef du royaume, il a la charge de tous ses sujets, les catholiques comme les protestants, et sa première mission est de leur permettre de vivre en paix.

Il se retint d'ajouter quelques mots. Après avoir vidé sa chope d'un trait, il sortit en grommelant que la garde veillerait nuit et jour s'il le fallait mais que le roi de France ne finirait pas ses jours dans un monastère.

Au fil des jours suivants, les clients apportèrent à l'auberge des nouvelles alarmantes : François de Guise jouait plus que jamais au grand seigneur et tenait en laisse les députés des états généraux. De son côté, le roi multipliait les conciliabules. On l'avait même vu quitter de bonne heure une cérémonie importante pour se retirer dans son cabinet avec ses conseillers.

Le 21 décembre, le froid se durcit encore. Afin de revigorer son monde, Manon Bellechasse cuisina du brouet de chapon et du bouillon aux quenelles dont elle eut maints compliments. Elle portait pour servir une robe de velours carmin doublée de lapin blanc qui lui valut également bien des éloges.

Le lendemain, Grimouville ne vint pas, mais les badauds parlaient d'un apaisement au château : le roi et le duc passèrent ensemble une bonne partie de la journée ; le roi offrit de la dragée à son ennemi et picora familièrement dans le drageoir de celui-ci.

Le 23 décembre était un vendredi. Le poissonnier de la halle venait de livrer deux énormes saumons, quelques beaux brochets, une dizaine d'anguilles bien vivantes qui faisaient tressauter le panier où elles étaient enfermées, et Manon s'affairait à la préparation d'un menu maigre[1] qui serait digne de sa clientèle à l'approche des fêtes de Noël.

C'est alors que la clochette tinta à la porte de la salle. Nicolas de Grimouville entra et s'avança jusqu'à la cuisine. Le visage défait, il réclama du bouillon au lieu de l'habituel pichet de vin de Bourgueil.

Lorsqu'elle posa devant lui l'écuelle fumante, il leva vers elle un regard égaré.

— Voilà, murmura-t-il, nous avons fait une sale besogne, mais le roi est libre...

Sa voix alerta Manon : jamais cet homme n'avait montré un tel trouble ! Quelque chose de grave était arrivé. « Le roi est libre. » Que voulait-il dire ? L'avaient-ils conduit en un lieu sûr ? Soustrait aux menaces de la famille de Guise ?

En face d'elle, Grimouville, les yeux dans le vide, reprit sa confession ; Manon eut l'impression qu'il ne s'adressait plus à elle mais à lui-même.

1. Menu sans viande, prescrit par l'Église les vendredis et jours de jeûne.

— Ce geste va secouer l'Europe. En France, c'est mettre le feu aux poudres... Paris sera à feu et à sang...

Manon frémit. Elle s'assit en face de lui, posa sa main sur la sienne. Il tressaillit en découvrant son regard interrogateur.

— Oui, poursuivit-il, à huit heures ce matin, il y a deux heures à peine, François de Guise a rendu son âme à Dieu. Son frère le cardinal de Lorraine est sous les verrous. Nous avons agi sur ordre du roi, afin de faire cesser le crime de lèse-majesté perpétré jour après jour, heure après heure depuis des mois. Vous êtes la première personne à qui je le confie... À midi, toute la ville le saura. Paris sera prévenu avant ce soir. Demain à l'aube, le pape à Rome, les cours d'Europe en seront avisés.

Manon ne savait que penser. Elle avait toujours détesté le fanatisme religieux du duc de Guise, mais elle l'avait rencontré, ici à l'auberge, et sa magnifique stature était inoubliable. Cet homme-là était fait pour porter la couronne, autant sinon davantage que le souverain d'aujourd'hui. Comment s'était-il laissé prendre ? Par traîtrise, sans doute, car ce formidable chef de guerre maniait l'épée mieux que quiconque.

Une cavalcade dans la rue fut aussitôt suivie de clameurs. Un visage haletant parut à la porte.

— Le duc de Guise est mort. Poignardé dans la chambre du roi ce matin.

Puis il disparut, laissant la porte ouverte, et Manon dut se lever pour préserver la bonne chaleur qui régnait dans la pièce. Devant la rue glaciale, elle frissonna : les clients allaient affluer, rien ne serait prêt. Les garçons de cuisine étaient incapables de cuire un poisson à point ! Étant donné la gravité de la situation, on se contenterait d'un potage de lentilles ou de courge. Elle ajouterait des oignons braisés et de l'omelette, et puis des oranges rôties pour les bourses les mieux garnies.

Grimouville se leva avec lassitude. Une heure à peine était le temps qu'il pouvait s'accorder avant de regagner le château enfiévré par la nouvelle. En le regardant s'éloigner, Manon pensa que la cour allait bientôt quitter Blois et elle se sentit tout à coup très triste. Après son départ, que lui resterait-il, à elle, hormis la monotonie des jours ?

Le repas de midi fut très animé. L'auberge de la Grappe d'Or, comme toutes celles de la ville, n'aurait pu faire asseoir un convive de plus. Les visages étaient consternés, certains larmoyaient, et le nom de Guise était sur toutes les lèvres. Ceux qui se réjouissaient de sa mort s'étaient bien gardés de rejoindre la foule, prête à tailler en pièces quiconque n'aurait pas partagé son chagrin.

En passant de table en table, vigilante à tout, au bien-être comme à la bonne tenue, Manon glana les détails qui lui manquaient.

— Le roi l'avait convoqué à un conseil à sept heures.

— Si tôt ! Et sans raison ?

— Le duc avait bien vu les capitaines de la garde, mais rien d'anormal.

— Armés jusqu'aux dents, cachés dans les escaliers dérobés, jusque dans la galerie aux Cerfs.

— Grimouville et ses gens occupaient l'escalier d'honneur. Le duc était prévenu qu'ils voulaient adresser une requête aux états généraux...

— Habillé de satin blanc ? En cette saison !

— Oui, dans la chambre du roi. Ils étaient huit à se jeter sur lui.

— Avec des poignards distribués par le roi ! Nous sommes sous le règne d'un assassin !

— Le pauvre a juste eu le temps d'appeler ses amis !

— Il est tombé près du lit. Le sang lui coulait de partout.

— Cet homme est un martyr !

— Tout de même ! Il recevait des subsides du roi d'Espagne, pour mener la guerre en France !

— Pas de petit profit : une fois mort, on lui a volé sa bague et ses boucles d'oreilles...

Ces bribes arrachées de table en table se rejoignaient pour former un tableau terrifiant. Tout en gardant le sourire aux lèvres, Manon Bellechasse sentait s'alourdir le poids de l'affreuse nouvelle. Une fois la salle vide, elle verrouilla la porte « pour cause d'extrême fatigue » et courut se blottir au lit. Le visage enfoui dans les oreillers de plume, elle se laissa submerger par une foule de questions angoissantes : De quoi demain serait-il fait ? De sang et de larmes ? Ou de réconciliation ? Le roi venait-il de commettre un crime atroce ? Ou avait-il sauvé le royaume ?

Lorsque Manon ouvrit l'auberge au matin du 24 décembre, ce ne fut pas la colère mais la crainte qu'elle découvrit sur les visages. Le coup de force du roi avait ôté aux mécontents toute envie de rébellion. Les partisans du duc n'osaient se manifester, par peur d'être arrêtés. Les députés des états généraux souhaitaient en finir au plus vite et se mettre à l'abri dans leurs lointaines provinces.

Nicolas de Grimouville, de passage avant midi, lui apprit que le cardinal de Guise avait été exécuté, et que le roi avait fait incinérer les deux corps dans une cheminée du château, afin que leur tombeau ne puisse devenir un lieu de pèlerinage.

— Que va-t-il faire à présent ? demanda-t-elle en apportant le pichet de vin.

— Ce que lui interdisait le duc de Guise : se rapprocher d'Henri de Navarre[1] et se joindre à lui pour reprendre Paris aux ligueurs. La guerre n'est pas finie, mais l'espoir de paix peut refleurir.

— Et vous, Monsieur ? demanda-t-elle, un peu hésitante.

— Moi ? Servir le roi de France, quel qu'il soit. S'il me l'accorde, je souhaiterais cependant m'éloigner de la cour, vivre dans mon pays, plus près de la mer, à Cherbourg par exemple ou au Mont-Saint-Michel.

— Nicolas de Grimouville, capitaine du Mont-Saint-Michel[2]... murmura-t-elle.

Il la regarda avec surprise. Elle avait mis dans sa voix plus de tendresse qu'elle ne l'aurait voulu. En guise d'excuse, elle ne put que sourire.

— Pour l'instant, rien de moins sûr ! reprit-il plus doucement. Nous serons retenus à Blois encore quelque temps par l'état de santé de la reine Catherine[3].

1. Henri de Navarre, cousin du roi de France, est l'héritier du trône car Henri III n'a pas d'enfants. Il est aussi l'un des chefs du parti protestant. Il ne réussira à entrer dans Paris qu'en 1594, après s'être converti à la religion catholique. Henri III sera assassiné à son tour par un partisan des Guise en août 1589.

2. Nicolas de Grimouville, seigneur de Larchant, fut effectivement capitaine du Mont-Saint-Michel de 1590 à 1593.

3. Catherine de Médicis, mère du roi Henri III, meurt le 5 janvier 1589.

Le sourire de Manon s'accentua : quelques semaines pour découvrir ensemble l'espoir de paix, pour causer du royaume, de la vie et du printemps à venir...

Elle décida de se faire tailler deux nouvelles robes et entrevit, l'espace d'un instant, l'enseigne de « La Belle Manon » orner la façade d'une belle auberge, aux portes du Mont-Saint-Michel.

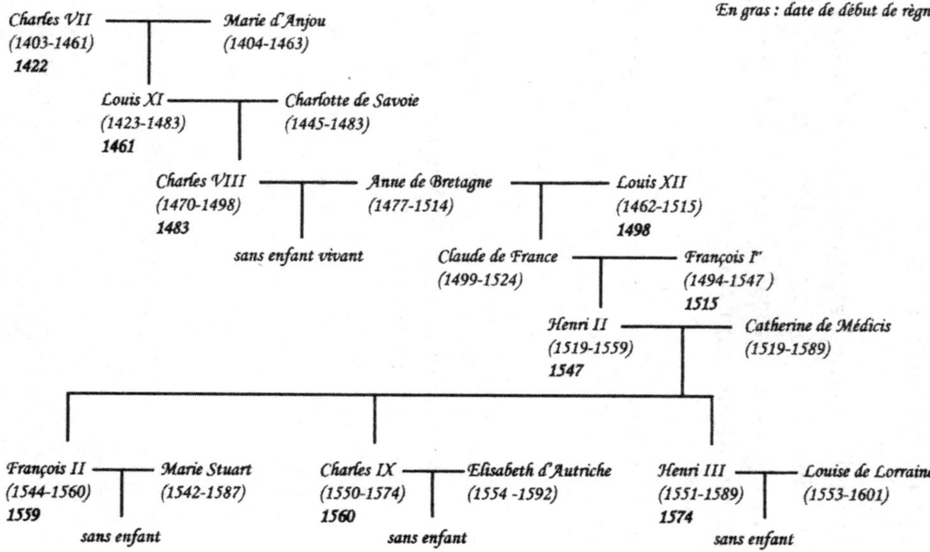

En gras : date de début de règne.

Héritier de la couronne, Henri de Navarre deviendra roi sous le nom d'Henri IV (1553-1610) en ***1594****.*

Biographies

Jeanne d'Albret est la cousine d'Henri II, fille de la reine Marguerite de Navarre. Elle épouse en 1548 Antoine de Bourbon (1518-1562), prince de sang royal. Elle sera la mère d'Henri IV.

Anne de Bretagne (1477-1514) est héritière du duché de Bretagne, indépendant jusqu'en 1491. En épousant le roi Charles VIII, elle permet le rattachement de la Bretagne au royaume de France.

Anne de France, dame de Beaujeu (1462-1522), fille aînée de Louis XI, assure la régence à la mort de son père jusqu'à la majorité de son frère, le jeune Charles VIII, et garde une influence sur les affaires du royaume jusqu'à la mort de celui-ci.

Pierre Belon (1517-1549), apothicaire et botaniste français, voyage longuement en Allemagne et dans les pays méditerranéens. Il aurait rapporté de ce périple une nouvelle prune inconnue en France que l'on baptisera reine-claude.

Gilles Berthelot (vers 1470-1529), financier de Louis XII puis de François Ier, fait partie de la riche bourgeoisie tourangelle. Vers 1510, il acquiert la seigneurie d'Azay et confie la construction d'un nouveau château à son épouse, Philippe Lesbahy. Inquiété par le procès et la mort de son cousin l'argentier Jacques de Beaune, il fuit la France en 1528 et meurt en exil l'année suivante. Son épouse se battra en vain pour garder le château d'Azay.

Charles VII (1403-1461), dans un royaume ravagé par la guerre de Cent Ans, trouve refuge sur ses terres du Berry et de Touraine où il installe la cour de France. Avec l'appui de Jeanne d'Arc, de son épouse Marie d'Anjou et surtout de sa maîtresse Agnès Sorel, il reconquiert peu à peu tous les territoires occupés par les Anglais.

Charles VIII, roi de 1483 à 1498, est fils de Louis XI. D'abord marié à Marguerite d'Autriche (1480-1530), fille de l'empereur Maximilien Ier, il doit rompre ce mariage pour épouser Anne de Bretagne. Il organise les premières campagnes militaires en Italie. Son règne marque le début de la Renaissance en France.

Charles IX (1550-1574), second fils d'Henri II et Catherine de Médicis, est âgé de dix ans à la mort de son frère aîné et se laisse dominer par sa mère. Son court règne est marqué par le début des guerres de religion et le massacre des protestants à Paris, le jour de la Saint Barthélemy (24 août 1572).

Charles Orland, né le 10 octobre 1492, a été enterré à la cathédrale de Tours avec ses frères et sœurs mort-nés ; leur tombeau y est toujours visible.

Claude de France (1499-1524), fille aînée de Louis XII et d'Anne de Bretagne, épouse en 1515 l'héritier du trône François d'Angoulême, qui prend le nom de François Ier. Petite et un peu boiteuse, fatiguée par ses nombreuses grossesses, elle ne brille pas à la cour et vit le plus souvent retirée à Blois.

Diane de Poitiers, veuve du grand sénéchal Louis de Brézé, est la maîtresse officielle du roi Henri II.

Éléonore d'Autriche (1498-1588), sœur de Charles Quint, est la seconde épouse de François Ier.

Jean Fouquet (1420-1477), peintre et enlumineur français, réalise le portrait du roi Charles VII, puis un célèbre tableau de la Vierge à l'Enfant où il prend Agnès Sorel pour modèle. Il sera ensuite le peintre officiel du roi Louis XI.

François de Guise (1519-1563), issu d'une prestigieuse famille de Lorraine, est un grand chef militaire et un catholique intransigeant. Il est l'oncle de Marie Stuart et joue un grand rôle à la cour sous le règne de François II, secondé par son frère le cardinal de Lorraine.

Henri de Guise (1550-1588), fils aîné de François de Guise, est l'ennemi des protestants et le chef des armées catholiques. Il impose son autorité à la cour, participe au massacre des protestants le jour de la Saint Barthélemy en 1572 et refuse toute entente avec Henri de Navarre, héritier du trône. Il meurt assassiné sur ordre d'Henri III en 1588.

Henri III (1551-1589), troisième fils d'Henri II et Catherine de Médicis et préféré de sa mère, cherche à réunir les protestants et les catholiques afin de réunifier le royaume. Après le meurtre du duc de Guise en décembre 1588, il meurt assassiné à son tour le 1er août 1589 par Jacques Clément, un fanatique catholique.

Louis XI (1423-1483), fils de Charles VII et de Marie d'Anjou, roi de 1461 à 1483, passe sa vie dans le Val de Loire. Il achève définitivement la guerre de Cent Ans, agrandit et fortifie le royaume de France. Il est le père de Charles VIII et d'Anne de Beaujeu.

Louis XII (1462-1515) : cousin du roi Charles VIII, Louis d'Orléans est son héritier et prend le nom de Louis XII en montant sur le trône. Il poursuit les guerres d'Italie engagées par son prédécesseur. Il épouse Anne de Bretagne dont il a deux filles. L'aînée, Claude de France, sera reine.

Marguerite de France est la dernière fille de François Ier et Claude de France.

Marguerite de Navarre (1492-1549), sœur aînée du roi François Ier auquel elle est très attachée, vit le plus souvent à la cour où elle brille par son intelligence et sa culture. Elle est l'auteure d'un livre célèbre, l'*Heptaméron*. Elle devient reine de Navarre par son mariage avec Henri d'Albret et se retire à la fin de sa vie au château de Nérac.

Marie Stuart (1542-1587), fille du roi Jacques V d'Écosse, est fiancée dès six ans au dauphin de France et élevée à Amboise. Elle monte sur le trône avec son époux François II en 1559. Veuve l'année suivante, elle regagne l'Écosse où son règne s'annonce difficile. Elle mourra décapitée sur ordre de la reine Élisabeth d'Angleterre, contre laquelle elle a longuement comploté.

Pierre de Ronsard (1524-1585), poète français, publie en 1552 les *Amours de Cassandre*. Son œuvre lui vaut l'estime du roi Henri II puis de Charles IX. Il est mort en 1585 au prieuré Saint-Cosme, près de Tours, que l'on peut visiter.

Cassandre Salviati (1531- ?) est la fille du banquier florentin Bernard Salviati apparenté à la famille Médicis.

Agnès Sorel (1422-1450), issue d'une famille noble de Picardie, est demoiselle d'honneur à la cour du duc René d'Anjou, beau-frère du roi Charles VII. En 1444, elle devient la maîtresse officielle du roi. Elle développe le luxe de la cour et soutient le roi dans sa politique de restauration du royaume. Elle lui donne trois filles : Marie, Charlotte et Jeanne.

BRIGITTE COPPIN

L'auteure vit à Albi, près de Toulouse. C'est grâce à l'Histoire qu'elle a commencé à écrire, parce qu'elle avait envie de trouver les mots justes pour raconter toutes ces vies si différentes des nôtres. Le Moyen Âge et la Renaissance sont ses deux époques préférées. Elle se consacre à l'écriture de documentaires, de romans pour la jeunesse et réalise des animations pédagogiques en milieu scolaire.

Retrouvez les autres ouvrages de Brigitte Coppin sur le site www.flammarion-jeunesse.fr

Fred Sochard

Après des études aux Arts Décoratifs, Fred Sochard s'oriente vers l'illustration de presse et l'édition jeunesse. Incontournable chez Flammarion Jeunesse, il a illustré de nombreux récits de contes et légendes ainsi que des livres d'activités. Il vit à Angers.

Table des matières

Enseignants,
retrouvez des conseils de lecture ;
des outils pédagogiques
et les informations de nos newsletters
en vous inscrivant gratuitement
sur notre site :

Flammarion-jeunesse.fr/Enseignants

Composé par Nord Compo Multimédia
7, rue de Fives, 59650 Villeneuve-d'Ascq

Dépôt légal : mai 2021
N° d'édition : L.01EJEN001933.N001
Loi n° 49-956 du 16 juillet 1949
sur les publications destinées à la jeunesse
Imprimé en Espagne par Novoprint (Barcelone)